DANIEL BOVOLENTO
O QUE EU TÔ FAZENDO DA MINHA VIDA?

Outro Planeta

Copyright © Daniel Bovolento, 2018
Copyright © Editora Planeta do Brasil, 2018
Todos os direitos reservados.

Preparação: Elisa Nogueira
Revisão: Clara Diament
Projeto gráfico e diagramação: Márcia Matos
Capa: Estúdio AS

Dados Internacionais de Catalogação na Publicação (CIP)
Angélica Ilacqua CRB-8/7057

Bovolento, Daniel
   O que eu tô fazendo da minha vida? / Daniel Bovolento.
-- São Paulo: Planeta do Brasil, 2018.
   192 p.

ISBN: 978-85- 422-1129- 0

1. Crônicas brasileiras 2. Felicidade 3. Autoconhecimento
4. Autorrealização I. Título

CDD B869.8

18-0331

Índices para catálogo sistemático:

1. Crônicas brasileiras

Acreditamos
nos livros

Este livro foi composto em Palatino Linotype e Moon Flower e impresso pela Gráfica Santa Marta para a Editora Planeta do Brasil em março de 2019.

2019
Todos os direitos desta edição reservados à
EDITORA PLANETA DO BRASIL LTDA.
Rua Bela Cintra, 986, 4º andar – Consolação
São Paulo – SP – 01415-002
www.planetadelivros.com.br
atendimento@editoraplaneta.com.br

Meus demônios interiores estão à solta.

Em vez de prendê-los, resolvi encará-los.

Não sei aonde vamos chegar com isso.

Mas vamos juntos. De uma vez por todas.

O porre

1

Terapia

Ele me encara de frente
e diz com todas as letras:
"Acho melhor você tomar
esses remédios.
Talvez te salvem, garoto.
Talvez te deixem menos infeliz.
Talvez acabem com a sua libido.
Talvez quebrem seu pescoço".
Talvez me salvem ou
talvez seja tarde demais
pra alguém me salvar.

REVIRAR TUDO
É DOLOROSO.
NINGUÉM QUER
TER CONSCIÊNCIA
DOS PRÓPRIOS
PROBLEMAS.

2

O QUE EU TÔ FAZENDO DA MINHA VIDA?

Ainda é cedo, amor
Mal começaste a conhecer a vida
Já anuncias a hora de partida.
"O mundo é um moinho", Cartola

Quando eu era mais novo, meu pai vivia dizendo que não admitiria notas ruins na escola. Eu deveria manter um padrão alto, acima de oito, nada menos que isso. Caso contrário, eu seria punido. Minha lua em Leão, que até então não tinha sido descoberta, concordava com ele. Eu tinha que ser o melhor ou, pelo menos, chegar perto de ser. Foram anos e anos de escola com esse pensamento fixo. Estudar, estudar, estudar e chegar em casa com um boletim brilhante para deixar meu pai orgulhoso. Oitenta por cento dos meus dias eram dedicados a estudar e a atingir a "pontuação do papai", sem nunca me dar conta de por que fazia isso. O importante era mostrar o boletim e escapar da punição.

Você acha que eu ganhava presentes ou tinha benefícios por alcançar as tais notas? Nada disso. Ouvia sempre algo entre "não fez mais que a sua obrigação" e "poderia ser melhor", o que me tirava o sorriso de satisfação da cara e colocava na minha cabeça a ideia de que eu nunca seria bom o suficiente para atingir as expectativas do meu pai.

Anos depois, numa sala de terapia, ouço que me cobro demais. Que sinto medo de algo invisível que me puxa pra baixo quando não consigo alcançar a perfeição ou chegar o mais próximo dela. Que não sei me dar momentos de prazer porque tudo em que me foco é na falta e na escassez. E quanto tempo demorou pra eu me entender no meio disso?

Quando crescemos e temos nossos sonhos destruídos pelos moinhos, como já diria Cartola, todo o nosso universo vira um caos. Eu me lembro de dizer aos meus amigos de faculdade que eles eram pessimistas demais em relação à vida, que pessoas que se esforçam para conquistar o que querem e são positivas estão fadadas ao sucesso e que aquilo tudo era falta de coragem na vida. Ah, se eu pudesse rir de mim mesmo... Teria rido e dito: "Olha, você não sabe o que te espera mais pra frente".

De repente, eu me vi totalmente perdido diante da vida, numa montanha-russa emocional, com um diagnóstico de depressão e transtorno de ansiedade nas mãos. Demônios fazendo a festa dentro de mim e uma vontade louca de nunca sair da cama e ficar encarando o teto escuro do quarto enquanto as coisas aconteciam lá fora. Comecei a enxergar os problemas que eu nunca tinha visto – ou que tinha tentado esconder de mim – em todos os lugares da minha alma: minha vida amorosa, minha carreira, minha família, meus medos, tudo meu. Tudo errado. Foi aí que percebi que eu só tinha duas escolhas: me entregar a isso ou revirar as coisas aqui dentro pra tentar escapar desse beco sem saída.

Imagine quão difícil é pra um libriano tomar uma decisão, ainda mais num estado mental capaz de pôr tudo a perder a qualquer momento. Num dia acordo bem, num dia acordo mal. Meu humor varia mais que previsão do tempo em país tropical. Não só meu humor: meu corpo, meu cabelo, minha rotina, minhas viagens.

Se eu não soubesse como essas coisas funcionam, diria que até meu mapa astral muda. Além disso, revirar tudo é doloroso. Ninguém quer ter consciência dos próprios problemas, descobrir que tem traumas mais profundos do que imaginava, perceber que tá com a cabeça ferrada. No meio desse inferno de altos e baixos, decidi me salvar da única maneira que eu conhecia: escrevendo. E prometi pra mim mesmo que iria me revirar todo até aprender a rir das desgraças da vida em vez de deixar que elas me tomassem. Prometi que respeitaria os dias de tristeza absoluta, mas não deixaria que virassem rotina. Prometi que sairia dessa e que veria as situações do mundo por uma nova perspectiva, rindo do meu cotidiano maluco e cheio de surpresas. Prometi que me cobraria menos e que não tentaria estar à altura das expectativas de ninguém, senão as minhas. Por isso, cá estou eu, tentando responder à pergunta que não quer calar: "O que eu tô fazendo da minha vida?".

Gosto mais do silêncio, da falta de contato e da segurança que é se esconder na gente.

3

EU TÔ TENTANDO NÃO DESISTIR

Where do we begin to get clean again
Can we get clean again.
"God of Wine", Third Eye Blind

Eu tô tentando acordar cedo todos os dias, passar o café, forrar a mesa, ter alguma ordem e alguns hábitos e voltar pro quarto, porque eu sempre esqueço de arrumar a cama, mas eu tô tentando.

Eu tô tentando não pensar no casamento do meu melhor amigo e naquela coisa que ele me disse há uns anos, quando contei pra ele que eu tava tentando me matar. Ele disse que a vida da gente tem valor demais pra ser atirada pela janela, e eu confessei que só tava morrendo de medo da dor porque sempre fui covarde.

Eu tô tentando parar de fumar, porque o preço do maço tá alto pra caramba e minha conta já tá no vermelho, mas aquela fumaça toda parece ser a única coisa que segura a ansiedade que mora dentro de mim, então prefiro dever mais um pouco ao banco pra não sofrer com a abstinência.

Eu tô tentando não comer miojo todas as noites nem ficar andando de cueca o dia inteiro. Pelo menos eu me lembro de tirar o lixo e limpar a casa; nunca vi rato andando por aqui, apesar de sentir uns formigamentos estranhos sob a pele, que eu poderia jurar ser obra de roedores e devastadores e traças e coisas famintas por um pouco da carne que eu ainda tenho.

Eu tô tentando ir a shows e ouvir música num iPod velho e dizer "obrigado" pro cara da padaria que me vende um maço por um preço camarada, mas não consigo. Gosto mais do silêncio e da falta de contato e da segurança que é se esconder na gente, e se ele soubesse provavelmente pediria ajuda e diria "moço, você tá se destruindo", e ele teria razão.

Eu tô tentando ficar quietinho no canto da sala, com as luzes apagadas, contando de um a mil pra ver se ocupo a cabeça com alguma coisa que não seja falta nervos à flor da pele Marlboro light vodca de segunda categoria agonia será que as suas lágrimas são salgadas como as minhas? Eu queria ter respondido ao cara da padaria. Ele é tão gente boa comigo. Eu queria ter dito pra ele que tem uma caralhada de gente destruída que usa rímel e gravata e tá sorrindo e ninguém acha que tem nada de errado com elas e a verdade é que estão todas mortas por dentro.

Eu não. Eu tô tentando.

ÀS VEZES,
VAI DOER PRA
CARAMBA.

4

ÀS VEZES, NÃO SOBRA NADA

We are problems that want to be solved
We are children that need to be loved.
"What About Us", P!nk

Às vezes, não sobra nada. Nem um punhado de moedas pra pegar o ônibus, o que te obriga a estourar o limite da porcaria do cartão de crédito em algum aplicativo de transporte. Não sobra nem o medo de ser assaltado num ponto de ônibus da Nove de Julho na madrugada. Nem o cuidado de olhar pros dois lados antes de atravessar.

Às vezes, você não vai se sentir confortável com cinco miligramas de Rivotril nem com um porre na boate mais cara da cidade. Você não vai ficar feliz ou apagar com uma cacetada de drogas sintéticas pedidas pra um traficante de luxo – que até faz entrega, mas não trabalha depois da meia-noite. Você não vai conseguir escapar da maravilhosa e impiedosa e libidinosa sensação de que é um fracasso.

Não tem nada que vá aliviar isso. O dia foi uma bosta e a sua cabeça não trabalha como deveria nessas situações. É como se você chegasse em casa e, em vez de abrir as cortinas, jogasse um blecaute forte sobre elas pra passar dias e mais dias na escuridão. Dizem que o corpo reage ao primeiro sinal de luz solar e entende que é hora de levantar, mas o que o corpo entende quando não há luz nenhuma?

Às vezes, o problema não tem solução. Você pensa em se matar das mais variadas e criativas formas, e peço perdão se você nunca pensou nisso, mas acho que já passou pela cabeça de qualquer ser humano com mais de vinte anos a possibilidade de pular de um viaduto, de abrir todas as saídas de gás do fogão e respirar fundo. Mas não a possibilidade de se envenenar. Envenenamento, não. Nem afogamento nem ser queimado vivo. Quando essas coisas flutuam na esfera do pensamento, não conseguimos pensar em dor. Tem que ser rápido e tem que ser prático. Não pode deixar sujeira porque você não quer incomodar ninguém mais tarde. É só desânimo e cansaço e um corpo se arrastando, querendo desligar um pouquinho. Desistimos da ideia antes que ela se desenvolva.

Noutra noite dessas em que nada sobra, pesquisei na internet sobre suicídios. Você já pesquisou um assunto desses? As primeiras mensagens são tentativas de fazer a pessoa desistir, mas eu nem queria tentar. Era só curiosidade. Uma curiosidade meio mórbida, mas apenas curiosidade. Encontrei um monte de bilhetes e descrições físicas de dor e manifestações sentimentais de pessoas que se foram. Foi como se eu as conhecesse. Acabei chorando com alguns casos, você também choraria. Elas não estavam num dia ruim, desses em que nada sobra, mas tinham um peso muito maior na vida, a ponto de rejeitá-la.

Às vezes, vai doer pra caramba. O pé na bunda que aquele cara maneiro te deu, o casamento de vinte anos arruinado por falta de sexo, a terapia de segunda-feira que foi mais forte do que você imaginava, a décima quinta entrevista de emprego que não dá em nada, a dor do quarto pintado de azul-bebê que não vai mais ser ocupado e um monte de dores que superam qualquer conselho que alguém possa te dar. Tem dia em que não vai sobrar nada mesmo. Não tem o que falar. Ponto. É isso aí.

O quê? Eu tô falando sério. Não te trouxe até aqui para te convencer de que existe luz no fim do túnel. Nem de que vai passar. Nem de que posso te dar uma receitinha básica de ingredientes químicos que usurpe essa letargia. Provavelmente você nem sabe o que significa letargia. Enfim, é isso.

Não tem nada pra hoje, me desculpe.

Tem dias em que nada sobra.

Só nos resta esperar pelos outros. Aqueles.

Os dias que não são assim.

5

Faxina do dia

EU VOU LIMPAR AS COISAS
À SOMBRA DA VAIDADE,
ENROLAR OS TAPETES EMPOEIRADOS
E AS CORTINAS ARRANHADAS
EM SACOS PLÁSTICOS PRETOS
QUE NÃO VÃO SER JOGADOS PELAS JANELAS.

VOU BOTAR A COMIDA ESTRAGADA
DENTRO DE POTES NA GELADEIRA
PRA COMER MAIS TARDE
E DEIXAR MINHAS MEIAS DE MOLHO
NO ÓLEO DA FRIGIDEIRA.

QUEM ME VISITA
NÃO SABE
DA BAGUNÇA QUE EU ESCONDO AQUI DENTRO,
NÃO SABE
DAS COISAS QUE SÃO MAIS DIFÍCEIS DE ARRUMAR.

EU SOU UMA
PÉSSIMA PESSOA.
DEFINITIVAMENTE
MEREÇO A QUEDA.

6
EMBARQUE IMEDIATO

Have you seen the girl with the mind on fire?
She set out to tell the world how they suppress our desires.
"Mind on Fire", Aisha Badru

O guri da poltrona 35A fala pros pais que esse é o melhor dia da vida dele. Acho que tem a ver com os tais "algodão-doce", "fila de aviões", "tchau, cidade!" que ele tanto grita diante da janela à minha frente. Ele olha pra trás e percebe que estou sozinho na fileira. Ainda por cima, tenho duas janelas à esquerda, com visão livre, sem meus pais ao lado para controlar minha empolgação. No lugar dele, eu teria inveja de mim. Mas ele não parece ligar pra isso. É o melhor dia da vida dele.

Nas 37B e 37C, duas meninas comentam sobre uma música de algum filme. Uma delas gosta, mas a outra não entende. Diz que faltou à aula de inglês para viajar com a família. Talvez sejam amigas, talvez sejam primas. Não sei. A playlist delas passa pra uma música pop, do tipo chiclete, que toca nas rádios lá de fora. As duas gostam bastante, mas não consigo ouvir o nome do artista antes de colocar meus fones de ouvido azuis, que trouxe para aguentar três horas de viagem e intervenções humanas.

Na 36A, eu fico pensando na época em que ainda me surpreendia com voos. Sentia uma ansiedade sobrenatural com a ideia de ir a um aeroporto. Mal dormia à noite, acordava antes de o despertador tocar e corria para aproveitar o efeito "mágico" do lugar. Sentia uma curiosidade depravada acerca da vida íntima de quem andava nos saguões do Santos Dumont. O que tinham nas malas, o que compravam nas viagens, iriam para fora do país ou fariam apenas uma ponte aérea? Visitariam os pais ou o namorado? As roupas indicavam negócios ou uma audiência de separação dolorosa, que arrancava o sono por baixo do terninho chique e do corretivo pras olheiras? Quem estava esperando e quem estava indo embora? Quem estava procurando continuidade para uma vida que parou havia algum tempo?

Meu primeiro voo foi uma ponte aérea entre Rio e São Paulo, lá pelos meus dezessete anos. Comprei numa promoção, com o dinheiro do estágio, para ir a um festival. Meu pai sofria crises de pânico constantes em lugares muito cheios e minha mãe morria de medo de altura. No máximo, viajávamos de ônibus ou carro para lugares próximos. Faltavam grana e vontade para isso.

As nuvens desaparecem e me incomodo um pouco com a claridade. Lá embaixo, terrenos demarcados em marrom, verde e amarelo misturam areia, terras cultivadas e gente que mora em cidades que nunca visitei. Meia hora depois da decolagem, o menino da 35A continua em sua jornada curiosa através da janela, intercalando expressões de encanto e admiração enquanto os pais sorriem pra mim. Esse é o dia mais feliz da vida dele. Também já foi o dia mais feliz da minha vida. Agora é só mais um dia em que perco o sinal da internet por algumas horas e tento controlar a gastrite nervosa. Penso sempre numa queda e nas notícias mais desastrosas possíveis. Manchetes anunciando tragédias e a rota até o chão. Os pais nas poltronas 35B e 35C gritando e tentando proteger o filho. As meninas na 37B e 37C arrependidas por não terem aprendido a letra da música em inglês. E o cara da 36A pensando se a vida que ele teve valeu a pena.

  Se não tivesse sido essa vida, que outra vida eu teria? Será que eu poderia ter vivido de outra maneira? Poderia ter apostado numa vida sem glúten, sem animais no cardápio e com suco detox todos os dias, cedo, antes de caminhar e meditar no parque? Poderia ter adotado um visual engravatado e trabalhado numa multinacional que faria meu telefone tocar mais que serviço de entrega de pizza às sextas-feiras, com direito a uso controlado de medicação para dormir e tempo para desacelerar num apartamento luxuoso em alguma área nobre de São Paulo? Poderia ter trocado meu tempo por trabalho em hostels ao redor do mundo e pelo objetivo de me espiritualizar e conhecer um pouco do que o universo tem preparado para nós quando rompemos as barreiras do senso comum? Mas não vivi essas outras vidas. Vivi de um jeito que me trouxe até este voo, vestindo roupas pretas e óculos escuros enquanto balanço freneticamente as pernas por não ter paciência para aturar o espaço minúsculo entre a poltrona da frente e a minha.

  Penso no arrependimento que eu sentiria durante a queda. Por que não fiz a maioria das coisas com as quais sonhei? Cara, eu poderia não ter brigado com algumas pessoas. Eu nem liguei pra minha mãe essa semana, e ela continua tomando remédios para depressão. Mal sei se meu irmão passou nas provas de fim de semestre. Também não dei dinheiro para nenhuma das seis pessoas que me pediram no aeroporto. Eu sou uma péssima pessoa. Definitivamente mereço a queda.

  Penso na gritaria que iria ser. Ou as pessoas se conformariam e morreriam caladas e de olhos fechados? Duvido muito. É hora do show. Eu levantaria e gritaria tudo que deixei guardado. Eu beijaria alguém. Eu escreveria uma mensagem de despedida e tiraria o celular do modo avião pra ter a oportunidade de enviá-la antes que a aeronave atingisse o solo. Eu faria muitas coisas de outro jeito. É preciso uma queda pra isso? Decido que, se sobreviver ao voo, vou mudar. É isso. Vou mudar essa vida-que-não-tive pra vida-que-eu-gostaria-de-ter no momento em que pisar em solo seguro novamente.

O menino da 35A reclama que as nuvens encobriram o céu e de não consegue ver mais nada. Lembro-me de quando eu estava no lugar dele, analisando cada pequeno movimento do avião com olhos esbugalhados de surpresa. Hoje em dia, a peleja é longa. Voos de até cinquenta minutos só me fazem imaginar cenários trágicos que me impediriam de ter a vida que eu sempre quis. É uma maneira de dizer pra mim mesmo que essa vida não tem valido a pena. Talvez eu tenha feito isso todas as vezes em que precisei de uma pressão interna para mudar. É curiosa essa coisa de só me obrigar a rever tudo na hora da morte, na hora em que percebo que tudo pode acabar em poucos minutos numa colisão. A aeromoça me cutuca e pede que eu trave a mesa no encosto à frente. Estávamos chegando e eu nem percebi. Não cairemos. A vida de sempre espera lá fora.

Não vai ser dessa vez. A mudança vai ter que esperar até a próxima chamada de embarque.

Você já acreditou tanto que era capaz de salvar alguém a ponto de desistir de se salvar?

7

ELE NÃO VAI MUDAR

Não aprendi a dizer adeus
Mas tenho que aceitar que amores vêm e vão.
"Não aprendi a dizer adeus", versão do Alexandre Nero

Ele me disse que faz de tudo para não perceberem quem ele é; não quer ser reconhecido, tem medo de ser frágil, tem receio de que descubram as coisas que ele esconde. E é por isso que ele machuca todo mundo que chega perto dele. Parece que alguém quebrou cada parte dele em mil pedaços e hoje ele corta. Ele é um bando de cacos brilhantes no chão, e você acha que ele é uma estrada iluminada, você acha que ele brilha por você, mas é mentira. Quando você passa, ele arrebenta a sua pele, rasga tudo, desfigura as suas intenções. Ele continua da mesma forma, você, não.

Entendo gente que se defende dizendo que foi muito magoada e que não aprendeu a lidar com outras pessoas. Já fui muito ferido em campo de batalha, já ajudei a remendar gente que não tinha salvação, mas que eu acreditava que tinha. Já fiz tanta coisa que até ele duvidaria da minha fé – não é uma fé religiosa, mas algo que acredita na cura pelo amor, na cura pela vontade de ser melhor para quem te ama. Essa fé caiu por terra quando dei de cara com ele fumando meus dois últimos cigarros na escada de incêndio enquanto chorava e dizia que iria embora, que já tinha comprado a passagem.

Você já acreditou tanto que era capaz de salvar alguém a ponto de desistir de se salvar?

Eu já. Acreditei muito que ele era um cara bom que tinha se fodido umas vezes na vida, mas estava disposto a tentar. Acreditei nessa fé cega enquanto ele mesmo gritava que não seria comigo – talvez não seja com ninguém, mas pouco importa, isso não serve como prêmio de consolação. Tem gente que nunca vai ser salva, você nunca vai salvar alguém, e o pior é que você vai se foder tanto nessa história toda, mas tanto, que vai gastar todo o seu décimo terceiro em sessões de terapia.

Ele pode ter sido machucado, mas isso não impediu que ele acabasse comigo. Ele pode não ter aprendido a catar as merdas dos cacos, mas também não aprendeu a avisar que cortam. Ele pode ter achado que ir embora seria uma forma de me salvar, mas ele só tava estragando tudo mais uma vez. Ele não vai mais voltar – e eu sinto uma vontade imensa de atirar tudo dele pela janela, de esfaquear a pele dele, de machucar outra camada por baixo até atingir a alma, pra ver se ali tem alguém que sente ou alguém que só inflige dor.

Parece que alguém quebrou cada parte minha em mil pedaços e hoje eu corto. Eu sou um bando de cacos brilhantes no chão, e você acha que sou uma estrada iluminada, você acha que brilho por alguém, mas é mentira. Quando alguém passa, eu arrebento a pele, rasgo tudo, desfiguro as suas intenções. Ele foi embora e continuou da mesma forma. Eu, não. Eu fiquei igualzinho a ele.

COM VOCÊ,
EU NUNCA
TIVE CASCA.
EU FUI COM MEDO.
MAS FUI.

8

NA SUA ESTANTE

É você que tem
Os olhos tão gigantes
E a boca tão gostosa
Eu não vou aguentar.
"Quando bate aquela saudade", Rubel

E se eu te encontrasse na porta de um desses paraísos com entrada individual, cê me deixava?

Eu nem passo da porta. A gente não viveu em paraísos antes, não tem por que viver agora.

Mas você não quer largar mão dessas coisas todas que só dão dor de cabeça e economizar na conta da farmácia?

Eu não largo mão de você. Nem da confusão dos seus olhos.

Meus olhos?

Seus.

O que têm eles?

São azuis.

Verdes...

Você não tá vendo a luz batendo neles agora e nem adianta dizer que eles são estáticos. A cor muda, o mundo muda. Só nós dois é que tínhamos lá uma breve inclinação pra inércia...

E isso é ruim?

Seus olhos?

Não. A gente.

Não é ruim porque a gente se entendeu num inferno. A gente não conheceu paraíso por conta de tudo um pouco. A lavanderia do apartamento, por exemplo, era pequena demais. A gente podia ter mudado de lá pra cá.

Mas a gente mudou...

Eu sei. Demais até.

E você queria morar perto do trabalho pra poder ir de bicicleta. Por isso a gente nunca trocou de apartamento. Você me atropelou e ainda me chamou de pedestre estúpido, lembra?

A gente já começou com ódio. Eu teria socado a sua cara se você não tivesse deixado cair aquele livro do Bukowski. A gente tinha alguma coisa em comum. E eu considerei o incidente apenas um esbarrão.

O meu joelho ficou esfolado, e você era bonito demais pra eu ficar com raiva. Lembro que choveu mais tarde.

E você me beijou. De barba mesmo. Nem deu tempo de tirar a barba pra me mostrar mais apresentável. Mas gostei daquilo.

Da barba ou do beijo?

De você.

Não me lembro direito, mas você mentiu sobre saber cozinhar. Eu descobri as caixas de comida no dia seguinte. Acordei, fui tirar o seu lixo e vi.

E não me desmascarou no primeiro encontro por quê?

Porque eu vi uns discos na sua estante e achei bacana o modo como você guarda as suas coisas, embaladas em saquinhos transparentes pra não pegarem pó. Vi o seu banheiro e o seu quarto arrumados e tudo aquilo fazia parecer que você tinha um zelo gigante pelo que preza.

Você se apaixonou pela minha mania de organização?

Não. Eu queria ser tão cuidado quanto aqueles discos. Não pra ficar na sua estante, mas pra ser tocado, ouvido, sentido... E achei que você tinha me olhado com tanta ternura quando me deu boa-noite que eu me sentiria bem ali. No seu espaço. Com o seu braço por cima e uma caneca de café. Eu gosto de café quente e dos seus óculos quadradões. Refletem bem a sua personalidade.

Você gosta mais de mim do que os outros caras que eu tenho conhecido. Eles gostam do meu rosto ou da minha tatuagem. Gostam de uns papos sobre Dostoiévski e Púchkin e leem umas coisas que eu não leria nem por obrigação. Eles gostam da minha segurança na hora de falar e do meu abraço forte, mas acho que você foi o único que gostou do meu rubor e dos meus jeitos.

Eu gostei de você. Com medo, mas gostei. Achei engraçado o seu rubor por eu ter te roubado um beijo naquele dia. Mas logo depois você deitou comigo e a gente dormiu.

Eu sempre mando os outros caras irem embora antes do amanhecer. E não jogo o braço por cima deles. Eu nunca quis dormir com nenhum deles.

E por que você tá me falando isso agora?

Porque eu não desisto de você. Não ainda. Fico pensando demais numas coisas em que não deveria pensar sem você.

O ogro se livrou da casca?

Com você, eu nunca tive casca. Eu fui com medo. Mas fui. E nunca senti a confusão da cor dos olhos de mais ninguém. Até mudei a forma de guardar os meus discos depois de você.

Mudou? Achei que nunca fosse mudar. E que ia continuar guardando discos e pessoas na sua estante.

Mudei. E comprei uns discos novos. Passa lá em casa pra ouvir um pouco deles. Tem café também.

Mas você odeia café.

Não se tiver você.

Eu tenho medo. De parar de novo na sua estante. De arruinar a sua coleção e os seus modos. De não conhecer mais as suas tatuagens e o seu hábito de mascar chicletes o tempo todo. De ter que dormir sozinho... E tá chovendo lá fora. Não sei se arrisco a solidão de um edredom a dois. Eu tenho medo de quebrar os seus discos novos, como na última vez.

Pode deixar que vou tomar cuidado dessa vez.
Com os discos?
Não. Com você.

9
Geladeira

ÀS VEZES, EU ABRO A GELADEIRA
PARO, OLHO, DEMORO
E FICO PENSANDO NO QUE
EU GOSTARIA DE COMER.
E NÃO TEM PRA PEGAR,
AGARRAR, PUXAR PRA FORA E
NADA QUE O MEU PALADAR QUEIRA E
NADA QUE ME SACIE.
NENHUMA CAIXA
OU GARRAFA
OU EMBALAGEM
OU METÁFORA.
ENTÃO EU DESISTO DE RESOLVER ISSO.
ÀS VEZES, EU ME ABRO
E ACONTECE A MESMA COISA.

FUI EU QUE ACORDEI HOJE E DECIDI QUE NÃO ME IMPORTO MAIS COM O QUE VOCÊ FAZ COM O CORPO QUE CHAMA DE SEU.

10

ENTRE DUAS PAREDES

Vadia, louca, depravada.
Te quero na cama, na rua,
No carro, na escada.
"Brasa", Jade Baraldo

Ele deita na minha cama e passa a mão na minha coxa e joga a perna sobre a minha outra perna. Estremeço. É minha, não mais que isso. Pergunta se tá tudo bem, e tudo bem nunca esteve nada, lembra? Fui eu que acordei hoje e decidi que não me importo mais com o que você faz com o corpo que chama de seu, já fiz toc-toc na casca e ninguém respondeu. Você tá oco, sem alma, desgraçado, não sabe pra onde ir. E o que te faz achar que você tá melhor que eu?

Silêncio no ambiente.

Sabe, você tem três tempos pra tirar tuas tralhas antes que eu me esqueste e te tire à força. Mas, meu amor, como tu vai pagar o aluguel? Você não tem onde cair morta e ninguém fora destes cinquenta metros quadrados vai ter pena ou dó ré mi fá sol lá se você amanhecer com uma mão na frente e outra atrás. Tu precisa de mim. Tu é fruto podre que eu colhi do pé, vestindo preto e com borrão no olho, acertando os dias pra se jogar do Martinelli. E você? Não te falta nada, bonito, não te falta nada. Você anda com metade de tudo, metade de um rosto que mais parece ter abandonado a vaidade a ervas daninhas num tom de castanho e branco subindo pelo pescoço. Teu pulmão deve tá sendo arrebentado aos poucos, e o que você sente quando anda na rua não são arrepios, são microexplosões do teu organismo deixando a vida escapar aos poucos. No fim, todo mundo te deixa. Eu também tô te deixando.

Ele apaga a luz.

Vai querer trepar ou já bastou o discurso filosófico vazio que não disse porra nenhuma? Tenho pra mim que tu gosta de arrumar uma discussão diferente por dia pra achar que nós somos diferentes. Que tu, de algum jeito, ainda tem salvação. Tu me põe de lado e nem percebe que você sou eu. Enquanto tu tenta me partir ao meio, tu racha um espelho no qual se vê. Eu ainda quero trepar, tô com calor. Cala a boca que eu não terminei ainda. Cala a boca que uma hora eu perco a paciência e te abandono pra você ver o que te sobra. Rua, meu bem. Rua e frio nesses oito graus, tão frio que eu até faço questão de te levar pra debaixo da ponte. Você é um bicho tão ruim que nem sua mãe vai te querer de volta, nem seu santo vai olhar por você.

Ele vira pro lado oposto.

Eu ainda quero trepar, tô com calor, sua infeliz. Vai me deixar assim de novo, nestes três metros quadrados com espelhos e a parede por pintar? Tu lá se importa comigo? Vive dizendo por aí que quando sair por aquela porta não volta mais, que teu sonho é não olhar mais pra minha cara nem pra este prédio feio pra cacete, que até o porteiro rejeita quando perguntam a ele se trabalha aqui. Tu não se importa, mas tu precisa de mim. E eu também preciso de ti. Infelizmente. Agora quem não quer mais trepar sou eu. Tu estragou meu apetite. Vira pro lado também e vai dormir, porra. Boa noite.

VOCÊ TALVEZ ENTENDA QUE A CULPA NÃO É SUA, QUE HOUVE ESFORÇO, QUE HOUVE VONTADE, MAS VOCÊ NÃO PODE SALVAR ALGUÉM DE SI PRÓPRIO.

11

VOCÊ NÃO PODE SALVAR TODO MUNDO

It was a big big world, but we thought we were bigger
Pushing each other to the limits, we were learning quicker.
"7 Years", versão da Grace Grundy

Você vai achar que consegue, que é algum super-herói e que, dessa vez, vai. Vai ver as marcas na pele e buscar algum remédio de-ses-pe-ra-da-men-te pra tentar curar alguma coisa ali dentro, mas os cortes são profundos, quase dá pra ver lá dentro, daria pra ver se o sangue não coagulasse, mas você não desiste.

Você acorda de manhã cedo e leva o café na cama, com um livro antigo de poesias, e diz que o melhor presente é a companhia. Sorri, e você nunca foi tão feliz assim, foi? Talvez esteja dando certo, talvez você esteja conseguindo. Você se empenha e tenta, tenta hoje, tenta amanhã, aos poucos consegue progredir.

Uma vez, eu também achei que poderia mexer lá dentro, consertar e salvar alguém que era muito importante pra mim. Doía em mim quando ela chorava, doía em mim quando eu não podia fazer nada pra botar os demônios dela pra fora de casa e organizar o caos. Doía pra cacete porque não era algo que eu pudesse controlar. A gente sempre acha que pode controlar o destino do outro, a forma como as coisas vão ser, mas não dá pra mensurar o estrago que o outro já sofreu. Só nos resta admitir que esse processo vai ser baseado em tentativa e erro: cinquenta por cento de chance de salvar tudo no fim do dia e cinquenta por cento de chance de voltar pra casa desolado.

Você, assim como eu, talvez encontre uma renúncia, uma recusa, um "muito obrigado por ter tentado, mas não é pra ser, ainda dói muito". Você talvez entenda que não dá pra salvar alguém enquanto você se destrói, porque aí é trocar elas por elas, não é amor, é egoísmo puro da outra pessoa. Você talvez entenda que a culpa não é sua, que houve esforço, que houve vontade, mas você não pode salvar alguém de si próprio.

ACHO QUE CRIEI ESSE BLOQUEIO QUANTO A DIZER "EU TE AMO" POR MEDO DO QUE SENTI NAS TANTAS VEZES QUE OUVI ISSO E DEI DE CARA NO MURO.

12

AQUELAS TRÊS PALAVRAS

We're too busy making hurricanes
Love ain't easy when it ain't my way.
"Make Me Cry", Noah Cyrus e Labrinth

Cara, a primeira vez que você disse "eu te amo" foi um baque pra mim. A gente não tinha nem um mês direito, tinha? Daí você veio, emocionado, me contar de um vídeo novo que tinha saído com a sua música preferida. Eu olhei bem pra você e beijei sua testa, perguntei se tava tudo bem – você tava chorando –, e você disse que me amava. Engoli em seco.

Sempre foi uma dificuldade pra mim falar "eu te amo". Por mais que possa ser banal, essas três palavras juntas carregam uma promessa que muita gente não consegue cumprir. Parece algo como "eu vou ficar aqui por muito tempo" ou "eu sou responsável por você agora" ou "eu tô dizendo que quero construir um futuro com você" e todas essas coisas que parecem óbvias; afinal de contas, por que você ficaria com alguém se não tivesse a menor intenção de compartilhar a sua vida com essa pessoa? Não faz sentido, mas eu nunca disse que eu fazia sentido, disse?

Daí você foi e ferrou tudo. Porque eu senti que você tava esperando ouvir a mesma coisa, e eu não fui capaz de te dizer nada, só de te abraçar e fazer a minha cara de assustado, escondendo o rosto por trás do abraço. Saí da sua casa me perguntando se eu tava certo em começar alguma coisa sem te amar, porque a gente ama primeiro, né? Ou cada um encontra o amor no seu tempo, já deitado com a pessoa que escolheu? Uma vez, eu li numa letra de música, pichada no banheiro do Café 03, que é o compromisso que nos leva pra frente, não o amor. E acredito tanto nisso que me enrolo todo explicando pras pessoas que às vezes o meu amor só brota depois de uns meses ou semanas, mas elas não entendem.

Acho que criei esse bloqueio quanto a dizer "eu te amo" por medo do que senti nas tantas vezes que ouvi isso e dei de cara no muro. Todos os caras que me abandonaram já disseram "eu te amo" e "eu te quero pra sempre" e "eu nunca vou te abandonar", e olha no que deu, então respeito um pouco mais o significado de dizer essas palavras antes de atirá-las em você. Não é que eu não sinta, talvez não sinta completamente mesmo, mas não quero prometer nada que eu não possa cumprir. Eu me podo o tempo todo. Se começo a falar algo e noto que as palavras carregam um peso grande demais pra suportar, deixo-as de lado. Interrompo a fala. Prefiro prevenir que remediar. Prefiro manter as coisas calmas antes de jogar a minha carne no mar. Nunca se sabe quando os tubarões estarão esperando pra devorar a gente.

Nunca quis te magoar, escuta. Então não disse. Fiquei entalado, com as coisas no peito, e ponderei se elas eram reais ou fictícias ou se eu me senti emocionado e pressionado pelo que você já tinha dito até a hora em que saiu. Saiu como se eu estivesse atirando na sua cara flores sem caules e pétalas coloridas. Saiu no meio de um filme ruim que a gente selecionou na televisão por falta do que fazer e foi um baque. Não o final ruim do filme, mas a gente. Você apertou tão forte as minhas mãos e enterrou tão forte o rosto no meu peito que entendi que ouvir aquilo era importante pra você, e agora isso não me devora. Tirei um peso de mim, o peso do medo de repetir as histórias que se repetiram comigo.

    Vai ver eu só tava esperando esse momento mesmo. A hora de não pensar demais, não medir demais, não ficar ponderando o lado bom e o lado ruim das coisas que não têm ponderação certa ou errada. Sentir nunca é uma escolha racional. Daí eu parei de fingir que era e deixei o "eu te amo" sair de mim quando senti que deveria.

# 13

A lenda

Diz uma lenda antiga
que seus costumes
e o seu modo de amar
pertencem a todos os homens
e mulheres que mancharam
seu lábio inferior de vinho
tinto
seco
suave.
Seus medos também pertencem
aos homens e mulheres
que deitaram por baixo
e entraram em você
e sentiram seu gosto
e depois foram embora
ou a culpa disso
é só sua?

VOCÊ FOI AQUELA QUASE-COISA-QUE--DEU-CERTO, SABE?

14

OBRIGADO (POR TER ME DEIXADO)

Goodbye, my almost lover
Goodbye, my hopeless dream.
"Almost Lover", A Fine Franzy

Eu te encontrava nos cômodos todos. Nos pés de meia largados no chão, tão sem combinação quanto eu. Tão largados, amassados, sujos e esquecidos que não existiria metáfora melhor pra falar sobre mim. Doutor, isso passa? Nem tudo passa. E foi um baque descobrir que tem ferida que abre e inflama, tem ferida que corta tão fundo que leva um pedaço da gente, tem ferida de todo tipo e tem tanta gente ferida por baixo da roupa que nem dá pra perceber quando se esbarra numa delas pela rua.

Eu tava meio despedaçado. Desesperado mesmo. Numa loucura indigna, mas com um quê de drama-psicológico-monólogo-acelerado, e me faltou ar. Me faltou ar por conta da pressão e da altitude. O ar congelou, e eu fiquei rarefeito. Achava que as coisas todas passavam e foi um baque, como eu já disse, quando soube que a dor tinha estacionado, parado bem na minha frente e me atingido numa baliza perfeita. Nem deu tempo de me despedir enquanto me levantava do chão e engolia poeira. Doutor, adianta anotar a placa do carro?

Você foi aquela quase-coisa-que-deu-certo, sabe? Que me prendeu num "e se..." que eu nunca vou desvendar porque uma escolha voluntária foi feita. Aquele meu quase amor que dói mais do que se tivesse se concretizado. E você não me segurava, não segurava o banco, não segurava o balanço, e me dizia com todas as letras que eu devia agradecer só por você ter aparecido. Ainda que estático, ainda que na sombra do quarto, como quem avisa que pode levantar no meio da noite e ir embora.

Eu só senti que deveria agradecer com todas as letras quando você acelerou.

Acelerou o carro e parou tudo na minha frente. Será que a gente aprende a dirigir outra vez? Não no sentido literal da coisa, mas quanto tempo demora pra passar algo que não passa? Pra sempre é tempo demais, mesmo que me tivessem cortado o acelerador e eu tivesse que empurrar o carro. No fundo, entendi que era tudo uma questão de visão. Não tem "e se..." porque você foi. Sem impor condições ou oferecer contraproposta. Você foi e pronto, acabou. A gente é que tem essa mania de estender a história pra tentar se sentir bem depois que é abandonado. Pra encher a cabeça e fingir que ainda vive aquilo. Ou pior: pra provar que você nem sempre foi assim e que se importava, sim, comigo. Mesmo que tudo indique que não.

Daí eu retomo os fatos e me lembro, de novo, de ouvir você reclamar de que nunca te agradeci. E vejo as faltas, vejo os lapsos, vejo como você nem me fazia tão bem assim. Vejo aquela dependência e me pergunto como eu podia considerar que me amava alguém que foi (embora) sem a menor consideração.. E eu vou me matar, me envenenar, me tratar com dó, como se você merecesse isso?

Eu, que pra você sempre fui mal-educado, que nunca soube expressar direito os berros não dados e as noites maldormidas enquanto lutava pra trancar o seu fantasma aqui dentro (da casa e de mim), queria que aquilo passasse e não percebia o estado controverso em que me encontrava. Se eu queria que passasse, por que aprisionava em mim uma projeção bonita de você, alguém que nunca existiu? Foi bem melhor pra mim. E agora eu agradeço pela melhor coisa que você fez por mim: obrigado (por ter me deixado).

AS PESSOAS
TÊM UMA MANIA
HORRÍVEL DE
ACHAR QUE
DIVIDIR SOLIDÃO
É O MESMO
QUE COMPANHIA,
NÃO É?

15

A GENTE NÃO TEM NADA

Feeling used
But I'm still missing you.
"I Hate U, I Love U", Gnash e Olivia O'Brien

Por que a gente tá junto?
 Oras, porque a gente não tem mais nada.
 E o que isso significa?
 Significa que não tem amor; teve um dia, agora não. No máximo, tem um afetozinho guardado em algum lugar junto com a poeira da sala que eu não tirei na semana passada. Desculpe, tive que viajar às pressas, não deu tempo. Reparo naquele canto quando voltar, tudo bem?
 Tudo. Demorou muito tempo pra gente admitir isso, né? Que a gente só tá junto porque não tem nada. Se eu tivesse alguma perspectiva de vida, alguma certeza de que quero artes ou de que quero rodar o mundo provando sorvetes, eu não ficaria com você. Eu me apeguei porque quem não sabe o que quer escolhe qualquer coisa.
 Aham, foi isso. Lembro que eu tava dançando com uma menina no aniversário da amiga da sua irmã, e você tava mexendo no celular, com a maior cara de tédio do mundo. Eu também tava entediado. Achei que você me entenderia.
 Te entendo há mais de dez anos, baby. Você me entende também. Fomos dois entediados dividindo a solidão. E as pessoas têm uma mania horrível de achar que

dividir solidão é o mesmo que companhia, não é? Elas que se fodam. É uma porra completamente diferente. Como é que tá a viagem?

Tá boa. Tenho que aturar uma galera chata do trabalho, mas pelo menos tô longe de você. Daqui a pouco vou passar numa loja pra te comprar algum suvenir, ainda não decidi muito bem o quê. Escuta, você era mais bonita que a menina lá da festa, viu? E mais legal. Eu só não te amava, mas a gente não precisa amar pra estar com alguém. É tão fácil, só parar do lado.

Me traz uma vodca ou um uísque, alguma coisa forte e gostosa pra compensar o vazio que você me dá. Ah, traz um bonequinho novo pra minha coleção de cabeçudos. Eu sei que eu era mais bonita, eu sei que fui a mais bonita, eu sei que você não fodeu ninguém melhor que eu. Não posso dizer o mesmo, mas você é um cara legal, tem bom coração. Eu só não te amava, mas a gente não precisa amar pra estar com alguém. É tão fácil, só encontrar alguém cansado do mundo lá fora.

Minha mãe dizia que o ideal é escolher alguém com quem você goste de conversar, pro caso de ter que passar a vida inteira junto. Eu gosto das suas piadas. Já é um bom sinal.

Sua mãe não sabe porra nenhuma da vida. Eu não vou cuidar de você, eu mal cuido de mim mesma. No máximo, vou continuar ali do lado. Vai ter choro e vinho, vai ter a gente rindo das piadas ruins do outro e se perguntando por que gastamos a vida inteira com alguém que não era a tal pessoa da nossa vida.

Pelo menos nós não vamos ter que passar a vida procurando pela tal pessoa. Tem gente que passa.

É verdade. Tem gente que passa. Tem gente que acha. Tem gente como a gente que só chega e para do lado de outra entediada com a vida. Aproveita e me traz também um livro novo? Preciso conhecer alguma boa história.

Levo sim. Você acha que isso acaba rápido?
O quê?
A gente.
Nada. A gente sabe que não vai acabar. O que não é necessariamente bom nem ruim.
É isso que me assusta.
O quê?
A gente.
O que tem a gente?
Nada. A gente não tem nada.

"VOCÊ NÃO VAI CONSEGUIR AMAR NINGUÉM POR CAUSA DELE."

16

CHARLIE E SEBASTIAN

Você não sabe quanto tempo que eu gastei
Quantos dias, quantas horas que eu levei pra te entender.
"Ônibus (Peso da Semana)", Augusta

"Você não vai conseguir amar ninguém por causa dele."

Essa é uma das falas aterrorizantes do incrível *Those People*, filme que narra um ano da vida de Charlie em Manhattan enquanto a vida do seu melhor amigo, Sebastian, está uma bagunça por conta do pai. Talvez você não conheça Charlie nem Sebastian e muito menos Manhattan, mas eu também não conhecia. Não tem problema.

Charlie é visivelmente apaixonado pelo melhor amigo. Você percebe nos olhares, na fixação, nas escolhas da vida dele em prol do outro. Acho que gostei dele por isso. Eu já fui Charlie em algum momento da minha vida. Pra dizer a verdade, eu fui bastante Charlie antes de realmente me tornar amigo de algumas pessoas. Não posso fazer nada se meu coração vagabundo se apaixona por boas pessoas, mas até gosto disso. Vez ou outra, ele acaba me rendendo um punhado de bons amigos. Noutras vezes, ele cria desafetos. Cinquenta por cento de acerto. E eu também já tive um Sebastian na minha vida. Aquele amor mal resolvido, aquela pessoa que me prendeu de uma forma tão forte que eu não seria capaz de amar qualquer outra pessoa até tirá-la daquele espaço guardado na minha mente.

Todos nós já tivemos um amor desses, que ficou escondido por baixo dos panos por razões que variam de acordo com o contexto. O amor por um amigo que não nos acha atraentes, o amor de infância que foi embora pra outra cidade e deixou um rastro na gente, o ex-namorado que terminou quando tudo ainda tava vivo, o ex-marido que se prepara para casar outra vez enquanto nós buscamos os filhos na creche. Todo mundo, quando ama outra pessoa, preenche o peito com ela.

Nós nos tornamos emocionalmente indisponíveis, mesmo que transemos todos os dias com gente diferente. Nós nos tornamos bonecas russas cheias de vazios, de memórias, de vontades que nunca se concretizaram e, pior ainda, cheias de alguém que não sente o mesmo amor por nós. Alguém mesquinho, alguém que nos usou de tapete emocional, alguém que ficou eufórico por dois segundos enquanto nós preparávamos a casa para receber um carnaval inteiro. E por conta dessa pessoa não conseguimos amar mais ninguém. Nós nos tornamos ocos em diferentes restaurantes e cafés e encontros e contas a serem divididas e camas que balançam e sonos que não se combinam.

E a vida? Ela fica estacionada naquela pedra. Não é como se você não continuasse indo pro trabalho, não se graduasse, não fizesse um mestrado, não viajasse duas vezes por ano para o exterior. Essas coisas continuam. O que fica estacionado é o seu amor. E como bem diria um grande amigo meu, todos nós temos uma caixa perfeita que enchemos de afeto. Uma vez que essa caixa esteja preenchida, ninguém mais pode entrar até que o antigo morador seja desalojado. Não importam os adornos, a troca de fechadura, as limpezas diárias, as tentativas de ocupá-la à força, colocando ali alguém que poderia ser amado. Ela continuará fechada até que o antigo dono resolva ir embora, ou melhor, até que você consiga desabrigá-lo e, finalmente, seguir em frente.

A ressaca

17
Casca

Hoje eu quero
sair desarrumado,
descabelado, descabido
num protesto silencioso
contra os dias em que fiz o contrário
e ninguém notou.
Quero me sabotar pro caso
de encontrar alguém na rua que me olhe e diga:
"Ele está feio
e como não se arruma,
e essa cara amassada?".
Assim eu não me culpo
por ter tentado o contrário
e digo que já sabia
que me achariam amassado,
nada apresentável,
cheio de coisas pra consertar.
E digo mais:
a grande surpresa vai ser ver
como é libertador
não ligar pra
própria casca.

Talvez eu tenha construído uma barreira contra a vida real, me blindando contra qualquer coisa que me fizesse chorar.

18

NÃO SEI CHORAR

It started out as a feeling
Which then grew into a hope
Which then turned into a quiet thought.
"The Call", Regina Spektor

    O mágico de Oz não é, definitivamente, um filme dramático e carregado de tristeza. Se pensarmos na filosofia por trás da aventura de Dorothy e seus companheiros, a jornada em busca de suas partes perdidas e a despedida da Cidade das Esmeraldas numa batida de sapatinhos vermelhos, podemos até encontrar motivos para que um ser humano abra o berreiro numa sala de cinema. Pois bem, eu não precisei ir tão fundo assim para protagonizar uma decadente cena de choro numa das franquias do filme, estrelada pelo James Franco. Quando as luzes se acenderam, crianças começaram a pedir que os pais as levassem a lanchonetes enquanto eu dava um jeito de limpar o rosto sem dar muito na cara que estava chorando.
    Não há problema nenhum em chorar vendo um filme desses, apesar de não ser bem o meu tipo de filme preferido para molhar camisetas. Prefiro dramas e romances mais trágicos. Lembro-me bem da primeira vez em que a ficção me fez chorar. O filme se chamava *Um amor para recordar*. Eu tinha, sei lá, uns doze ou treze anos. A faxineira me pediu pra sair do quarto e arrumar o que fazer

na sala. Liguei a televisão, parei no primeiro filme e terminei de assistir ao longa com soluços e olhos inchados. Não sabia onde enfiar a cara pra que a faxineira não visse aquilo. Isso se repetiu muitas outras vezes, motivado por coisas não tão óbvias assim. Programas de televisão que exploram histórias de superação, arquivos confidenciais de artistas conhecidos e até documentários do Discovery Channel me levavam a uma catarse profunda. Enquanto isso, na vida real, eu permanecia uma pedra insensível.

Nunca soube explicar por quê. Minha primeira perda familiar deveria ter me abalado de uma forma inesquecível. Foi uma tia-avó que morava conosco e cuidava de mim desde que eu era pequeno. Não era um parente distante, mas alguém que compartilhava minha rotina. Nem uma lágrima. Nem um pio. O enterro foi um tanto constrangedor para mim. Pessoas desesperadas iam e voltavam do caixão e aproximavam-se de mim para prestar condolências. E eu lá, impassível, querendo que aquele ritual acabasse logo. Fiquei encucado com isso. Noutras vezes, aconteceu a mesma coisa. Fossem problemas familiares, rompimentos amorosos, notícias tristes de amigos, tragédias anunciadas no jornal, eu não derramava uma mísera lágrima.

Quando paro para me lembrar dos momentos em que chorei, percebo que o fiz por uma entre duas situações: quando meus pais me batiam ou quando eu tinha um momento de catarse por conta da arte. Talvez eu tenha construído uma barreira contra a vida real, me blindando contra qualquer coisa que me fizesse chorar na frente dos outros. Como se a vida real não me emocionasse e me tirasse do eixo. A fantasia, por sua vez, conseguia me estraçalhar com qualquer filmeco água com açúcar. Chegava a ser ridículo o quanto eu conseguia sentir (dor, saudades, falta etc.) com um texto, vivendo com um nó na garganta quando o assunto era a minha vida.

Essa era uma boa forma de não sentir as coisas, sabe? Descontar as frustrações e os sentimentos em algo que não existe, por mais que as histórias representem um pouco da gente. Eu conseguia me manter distante, não ser obrigado a processar meus episódios marcantes, que mereciam reações mais humanas, me escondendo numa casca de insensibilidade e poder, já que estar vulnerável seria o mesmo que admitir o quanto tudo me afetava. Em vez disso, eu sofria escondido por personagens inventados ou celebridades que nem sabiam que eu existia.

Quão ruim é viver assim, tentando se esconder da própria vida, deixando que o medo de sentir alguma coisa inverta ficção e realidade? No fim das contas, eu me tornava o personagem. Um desses que não tem tato, não sente nada, não diz nada, sente-se deslocado nos momentos delicados e torce pros créditos subirem logo para que ele não tenha que lidar com o fim da história. Na tela, a ficção conseguia viver e chorar e sentir e amar e representar melhor que eu os lados não tão bons da vida.

EXISTE MUITA GENTE QUE NÃO TEM IDEIA DO QUE FAZER COM A VIDA E ACHA QUE ESTAMOS DISPONÍVEIS PARA AGUENTAR SUAS IDAS E VINDAS CONFORTÁVEIS.

19

VOCÊ ME CONHECEU NUM MOMENTO ESTRANHO DA MINHA VIDA

You got a new friend
You like to play pretend.
"Goodbye", Who Is Fancy

Uma das minhas grandes frustrações é não conseguir escolher boas situações para utilizar frases de efeito. Fico à espera do momento perfeito, da minha cena de filme, de uma discussão épica na frente de um hotel ou em um carro cantando pneus, mas sempre faço o papelão de soltar uma frase totalmente fora de contexto e estragar o clima, geralmente arrancando risos da pessoa com quem divido a cena.

Numa dessas, conheci um cara que tinha o dom peculiar de encaixar muito bem frases de efeito em cenas cotidianas. E o pior era que eu tava caidinho por ele. Conheci-o numa festa à fantasia e trocamos telefones. Fui ignorado por belos meses. Num dia qualquer, ele me surge numa rede social, me adiciona, puxa assunto e finge que nada aconteceu. E já solta uma fala de *Titanic*. Achei ambicioso, e já deveria ter previsto, pela escolha do filme, que esse barco iria naufragar. Papo vai, papo vem, ele sugere: "Vamos nos encontrar?". Topei. "Mas eu quero de verdade agora, quero te conhecer melhor."

Até me assustei com a objetividade do cara. Sabe como é, né? Homem muito decidido e muito interessante sempre esconde alguma coisa. Pra arrematar o convite, uma frase de *Closer - Perto Demais*. Por que não?

Duas horas antes do encontro, ele me liga e pergunta se eu me importo de trocarmos o restaurante. "Nada, qual é a sugestão?" "Bora pra uma festa com uns amigos." Alerta vermelho. Ele tava mesmo trocando um jantar por uma festa de rua com os amigos dele? Fui mesmo assim, achando que o encontro inusitado se pagaria. Ledo engano. Quando achei que o encontro não podia piorar, o cara me fez o favor de sumir por mais de meia hora e me deixar sozinho na tal festa. Voltou, pediu desculpas e despejou: "Sabe, você me conheceu num momento estranho da minha vida". Pronto, estava decretado. Era o fim gentil que ele estava dando a algo que nem teve começo. Para completar, sumiu mais uma vez sem deixar rastros, e eu, tentando manter intacto o pouco do amor-próprio que me sobrava, decidi ir embora. Mas ele precisava ter usado minha frase preferida de *Clube da luta* pra ser babaca?

Existe muita gente que não tem ideia do que fazer com a vida e acha que estamos disponíveis para aguentar suas idas e vindas confortáveis, escolhidas sem a menor responsabilidade emocional com as emoções dos outros. Essas pessoas acham que a gente é catraca. Sempre tem um ou outro desse tipo que parece interessante – e até é, viu? –, mas não vale o cansaço. É desgastante demais pra chamar de amor. É só uma aventura feita pra minar a nossa autoestima.

Eu saí da festa me perguntando que tipo de relação eu estava procurando. Valia mais a pena um cara que sabia usar boas frases dos filmes de que eu mais gostava, mas tinha zero noção de sensibilidade, ou gente real? Gente sem armadilhas, sabe? Gente que gagueja e pede para ver seu filme preferido enquanto vocês esperam a entrega da pizza. Gente que tem um pouquinho de juízo para entender que você também tem sentimentos e que aquilo que vocês estão vivendo, por menor que seja, não é um roteiro de ficção. É vida real, com pessoas e sentimentos que não precisam ser triturados em prol de uma diversão de fim de domingo. Além disso, muita gente vai aparecer num momento estranho da vida do outro. E se a pessoa sabe que não é o momento, ela pode ser gentil e dizer isso. Não que isso exima alguém de qualquer responsabilidade em relação ao outro, mas serve de alerta. Um grande alerta em neon dizendo que não vale a pena pagar o pato e comprar o bilhete só para descobrir que todas as frases e os diálogos que você mais amou no filme de alguém eram puro papo furado.

20
Eles não sabem de nada

NINGUÉM SABE QUEM VOCÊ É.
SEUS PASTORES E PADRES
SEUS AMORES E CRIAS
SEUS PAIS E PAÍSES
DIZEM QUE VOCÊ É ALGUMA COISA
E PASSAM A VIDA COLOCANDO TIJOLOS EM VOCÊ.
VOCÊ PESA NA PAREDE
E NÃO OLHA NO ESPELHO
MAS ELES NÃO CONHECEM OS SEUS DEMÔNIOS
OS SEUS PROBLEMAS ÀS TRÊS DA MANHÃ
O SEU LADO ODIOSO E CRUEL.
VOCÊ SABE DISSO.

ELES NÃO SABEM DE NADA.

NÓS COSTUMAMOS NOS IMPORTAR MUITO COM O QUE PENSAM SOBRE NÓS E NOSSOS ATOS.

21

SUPERPODER DO DIA

'Cause after the afterparty, we're gonna stay 'til mornin'
Then when the time is up, we'll do it all again.
"After the Afterparty", Charli XCX

Nunca sei o que responder quando surge aquela dúvida cruel: se eu pudesse escolher um superpoder, qual seria? Minha personagem preferida dos X-Men é Jean Grey, mas ela não tem necessariamente um poder. Harry Potter e a galera de Hogwarts também não. E o Batman não tem poder algum, só pra lembrar. Só pode escolher um poder, gente?

Morro de vontade de ser invisível. Faria um monte de coisas que não faço por vergonha ou por medo da reprovação alheia. Provavelmente eu já teria dançado tango no meio da rua ou feito algo do tipo se ninguém pudesse me ver. Na verdade, eu me acho um pouco invisível sempre que viajo pra algum lugar distante. Monto uma estratégia de defesa bem básica e nada coerente: ninguém me conhece aqui, portanto tenho carta branca para fazer o que eu quiser.

Foi assim na Espanha, em Punta Cana, na Argentina e até ali em Curitiba. Não preciso ir muito longe, só longe o bastante para me sentir socialmente camuflado e começar a fazer a coreografia de Ragatanga ou me pendurar bêbado nas grades de um cemitério cantando *"slow down, you crazy child"*. Sei lá, parece que crio uma fantasia em que sou capaz de me tornar invisível e faço as coisas que tenho vontade, sem me importar com as pessoas ao redor, porque elas provavelmente não vão entender o que estou dizendo nem contar algo para meus conhecidos, familiares e amigos. É uma forma libertadora de aproveitar viagens e perceber o mundo de outra maneira.

Uma vez, em Buenos Aires, pedi gritando que um taxista me deixasse numa das avenidas mais movimentadas, às cinco da manhã, porque eu queria ver o nascer do sol numa praça. Uma pena que fazia seis graus e eu não estava vestido apropriadamente, não é? O resultado foi um brasileiro semialcoolizado pulando de um lado para outro, tentando disfarçar o frio, e encantado com um sol vermelho subindo pelo céu de uma cidade completamente estranha. Logo depois, quase me arrependi de ter descido ali, porque teria que andar quatro quarteirões até o hotel, mas ainda assim valeu a pena.

Parando pra pensar, acho curioso que eu não perceba que tudo isso é uma questão de ponto de vista. Nós costumamos nos importar muito com o que pensam sobre nós e nossos atos. Deixamos de cometer pequenas loucuras diárias para que não vejam quão fora da casinha nós podemos ser. Por conta disso, comprometemos as oportunidades de provar pílulas diárias de felicidade e alegria que não fariam mal a ninguém. Essa coisa de esperar estar longe para me libertar do julgamento dos outros é uma fantasia. Não é como se eu pegasse um ônibus espacial para Marte e gritasse todas as letras erradas das músicas da Whitney Houston num planeta vazio (não sabemos, na verdade, vai que tem gente por lá?). É só uma forma que encontrei de fingir que tenho superpoderes, de me sentir extraordinário e fazer coisas que eu normalmente não faria.

É uma bobagem, eu sei. Mas quantas bobagens dessas não usamos como válvulas de escape? Quantas não fazem com que nos sintamos grandiosos, livres e mais felizes e nos amparam contra a realidade pouco divertida e nada fantástica dos nossos dias comuns? No fim das contas, eu nunca fui invisível, em lugar nenhum. Eu só deixei de me importar, por um instante, com o que as pessoas pensariam sobre mim. Essas forças que surgem dentro de nós e nos permitem viver uma vida mais feliz são os verdadeiros superpoderes do cotidiano.

QUANTAS VEZES VOCÊ EVITOU FAZER ALGUMA BOSTA QUE ERA CLARAMENTE UMA BOSTA POR MEDO?

22

É IMPORTANTE TER MEDO

Look at me now I'm looking better than you ever have
Look at me now I'm doing better than you ever have.
"Better", Sam Rui

Minha avó sempre disse que só morre afogado quem sabe nadar, e eu, pirralho leviano, não entendia muito bem de onde ela tirava essa lógica falha. Uns tempos depois, comecei a entender o que o tal ditado significava: você só vai entrar no mar se souber o que fazer ali. Se tiver medo, nem vai se arriscar a entrar.

Foi aí que percebi que o medo é igualzinho a uma moeda. Ele tem dois lados. Obviamente, a maior parte de nós encara o medo como um mal congelante, algo que só serve pra frear nossa vida, podar nossas escolhas e arruinar nossas possibilidades. O medo também serve pra produzir catarses: quantos filmes de terror você não viu porque precisava gritar e botar alguma coisa pra fora? O riso que segue o grito constrangedor do susto é hilário.

Mas o medo não tem só esse lado cruel. Medo também é ponderação. Quantas vezes você evitou fazer alguma bosta que era claramente uma bosta por medo? Tipo medo de botar o dedo na tomada, de agarrar uma cobra ou outro animal perigoso, de correr pelado no meio da rua cheia de gente e por aí vai? Medo, quando bem dosado, é sensatez. A linha divisória é bem sutil, viu? Do lado de cá, você tá se protegendo e agindo de forma coerente. Do lado de lá, você tá evitando embarcar em algo que poderia mudar a sua vida por causa do medo. Já deu pra ver que provavelmente o medo é libriano, né? E quem de nós sabe lidar com librianos? Nem eu que sou libriano sei, gente.

Olhar pro medo com menos medo – que repetição ruim , mas necessária – fez com que eu o entendesse. É como se você estivesse dirigindo com alguém que quisesse pegar o volante e te levar na direção contrária. Ele vai estar ali durante a viagem inteira, gritando no seu ouvido e tentando tomar a direção, mas você não pode deixar. No máximo, você pode mandar o medo calar a boca e sossegar no banco do carona. Ele vai continuar enchendo o saco, mas não vai conseguir alcançar o volante. Você vai estar no controle.

Acho que isso serve pra tudo na vida, até pra tal pessoa que se afoga justamente porque sabe nadar. Ela pode entrar no mar e, quando perceber que não dá mais pé e que a corrente tá puxando, voltar atrás. Ou ela pode botar só um pezinho pra sentir a água e isso ser mais do que suficiente pra mostrar que ela conseguiria ir até o final se quisesse. Ignorar o medo completamente é burrice, é falta de prudência, é abrir mão do seu instinto natural de proteção à vida. Até porque ele vai estar ali. E você não precisa ser rebelde e atacá-lo loucamente. Você só precisa colocá-lo no lugar dele, com ordem, com respeito, com pulso firme, entendendo que ele pode ser anjo e demônio falando ao mesmo tempo nos seus ombros. No fim das contas, é você quem decide como o medo vai influenciar sua vida. É você quem escolhe. Ele, coitado, só está nessa vida por sua causa.

AMOR MESMO
É AQUELE
QUE TRAZ PAZ,
NÃO DESTRUIÇÃO.

23

TÁ NA HORA DE GOSTAR DE QUEM GOSTA DA GENTE

Cresce e contamina
Tolhe a luz à vida,
Que afinal ensina, quebra,
Dobra a dor e entrega amor sincero.
"Rosa sangue", Amor Electro

"Ai, mas eu só gosto de *boy* lixo." "Ah, mas ela é gente boa, só tá confusa." "Eu tenho certeza de que ele me ama e de que só precisa de um tempo pra terminar com ela." "Ele não faz isso por mal, é o jeito dele." "Ela se preocupa comigo e com as minhas amizades, por isso não curte que eu passe mais tempo com o pessoal."

Se você reconheceu alguma dessas frases, sabe muito bem do que eu tô falando. A maioria de nós tenta arrumar justificativas para certos comportamentos nocivos de nossos amados. Sei que não é fácil perceber o que está acontecendo quando estamos emocionalmente envolvidos nessa situação. Quando a gente ama, gosta, se apaixona, podemos fazê-lo de um jeito que até cega. De um jeito que permite que o outro destrua pouco a pouco as nossas vidas.

Há um tempinho, eu tive um relacionamento que parecia estar OK. A gente se gostava, mas começou a rolar uma cobrança pra que eu mudasse o modo como me vestia. Depois vieram os "conselhos" alimentares. Depois o boicote aos meus amigos. Depois os sumiços e as aparições de outras pessoas no meio da relação. Depois o descaso óbvio, que demorei tempo pra caramba pra perceber.

Infelizmente, gente demais vai passar pelas nossas vidas tentando arrancar nossas roupas do varal. Gente que vai tentar mudar cada pedacinho nosso pro seu próprio bem. Gente que vai mentir sobre o que sente – e até mesmo que sente – porque não gosta de ficar sozinha e carente. Gente que vai nos depenar até o último fio de cabelo se nós permitirmos.

Também sei que não é mole cortar essa influência negativa, mas pense comigo: muita gente ainda vai passar pela sua vida, muita gente já passou. A única pessoa que ficou foi você. E, pasme, vai ser sempre você quem vai ficar. Ninguém além de você se importará com as marcas que ficarão no seu corpo, com o estado da sua mente, com a sua alma vacilante depois de alguma destruição. Perceber que "a gente escolhe o amor que acha que merece" talvez seja o primeiro passo para entender por que essas pessoas entram nas nossas vidas, por que elas encontram portas abertas, às vezes escancaradas, e pessoas prontas para serem devastadas. Nada é fácil, mas cuidar bem de nós mesmos é uma excelente forma de percebermos quando alguém não cuida.

O lado bom é que passa. Depois que a gente aprende a reconhecer esse tipo de pessoa, fica cada vez mais fácil não a deixar entrar. Fica cada vez mais difícil alguém abalar esse amor todo que sentimos por nós mesmos. Quer uma boa sugestão? Pense em todos os seus amores e em como você se sentiu. Você vai perceber que amor não se mede pela intensidade, mas pelo quanto nos faz bem. Amor mesmo é aquele que traz paz, não destruição. E por pior que o cenário possa parecer, lembre-se de que ninguém morre de amor. Ninguém nunca morreu de amor.

Sempre é tempo de dar uma guinada (pra melhor) na vida. Sempre.

24
Incensos

eu gosto de incensos
porque uma vez me disseram
que quando a nossa alma tá perdida
o cheiro deles a eleva.
torço pra que um dia
o fogo, o cheiro, a fumaça
elevem minha alma tão alto
que todo mundo possa ver.
que até eu consiga enxergar
essa parte que parece vazia,
coberta por neblina.
antes que o incenso,
o cheiro, a fumaça
e eu
cheguemos ao fim.

NINGUÉM GOSTA DE SE MACHUCAR.

25

TUDO SOB CONTROLE

We're falling apart,
And coming together again and again.
"Never Say Never", The Fray

De quem é a culpa?
De quê?
De você se conter tanto.
Não entendi.
Essa coisa de segurar as pontas quando o que mais deveria fazer era tomar um porre de amor.
Tem gente que não lida bem com a ressaca.
Eu tô falando sério.
Também tô. Ou você acha que essas coisas não deixam a gente caído no dia seguinte?
Entendo quem não consegue se soltar de primeira. Mas não é de primeira. Faz tanto tempo, e você tá aí, preso.
Escolhas.
Será mesmo? Ou você não consegue? Alguma vez na vida você já sentiu isso por alguém sem ficar analisando todas as pequenas partes das coisas que você sente, sem pedir pra que a pessoa fosse com calma, sem tentar entender todos os mecanismos que são acionados aí dentro quando você ama?
Você tem tanta certeza de que eu amo quando nem sei se é esse o termo certo...

E qual é o termo certo então? Eu odeio isso em você. Odeio como você tenta controlar tudo. Odeio como você acha que sempre tem razão. Odeio essa coisa de pedir tempo. Tempo não se ganha, amor. Tempo só se perde.
Bobagem.
Bobagem? Você não se sente como se estivesse carregando areia e os grãos caíssem por entre seus dedos enquanto você não sai do lugar? É bem óbvio pra mim. Consigo ver todas as coisas que você perdeu por medo de perder.
Como?
Você passou a vida tentando agradar os teus pais. Segurou aquele emprego horrível que não te deixava dormir só para mostrar que conseguia. Perdeu horas de sono aturando um chefe babaca que não tinha o menor direito de interferir na sua vida. Deixou de ir ao enterro da sua avó porque tava ocupado numa viagem de trabalho e não quis deixar o seu lado profissional desabar. Terminou com o seu ex porque não tinha certeza de que ele era o cara da sua vida. Passou tempo demais vivendo numa cidade que você odiava só para provar que conseguia se adaptar a qualquer realidade e a qualquer situação. Isso tudo só no tempo que eu te conheço.
Cara, para de me analisar. Não é fácil assim, entendeu? Não é como se eu quisesse ser desse jeito. Eu só sou. Parece que tenho duas pessoas habitando em mim. O cara que eu sou e o cara que eu queria ser. Eles brigam constantemente, e as coisas acabam indo pra um lado mais frio do que o normal, mas é um jeito de me manter a salvo, de saber as consequências das minhas escolhas e das coisas que faço.
É aí que mora o problema. Você nunca vai saber no que vai dar. Não tem como ter cem por cento de certeza de que as coisas vão estar sob seu controle.
Por que não?
Porque tem muita coisa que não depende de você. Tem coisas que dependem do outro, da decisão de outra

pessoa sobre a sua decisão. Efeito borboleta, saca? Você fica aí achando que todas as coisas estão sob seu controle. Vai ter que chegar ao fim da vida pra descobrir que nada tava nas tuas mãos, nem quando você achava que tava? Vai demorar esse tempo todo pra ver as coisas que você perdeu? Todo mundo vê. Acho que até você tem noção disso, mas é como se gostasse de viver nessa bolha.

Ninguém gosta de se machucar.

Ninguém gosta de viver numa fantasia, cara. É como se você estivesse dormindo esses anos todos numa zona de conforto. Quando você acordar, a casa vai cair. Você vai ficar desesperado com o rumo que as coisas vão tomar. É melhor admitir que não dá pra ordenar o rumo das coisas. É melhor admitir a existência da sorte, do destino, do tempo, do medo e de todas as coisas que podem tirar o seu controle. É até libertador.

Como isso pode ser libertador pra você? Eu só vejo o lado assustador disso. Eu só vejo a ruína das coisas que construí.

É que você construiu um castelo de areia. E não foi por falta de aviso de quem te quer bem. Todo mundo já te alertou sobre isso, sobre o seu jeito de querer pisar demais no terreno antes de andar nele.

Nunca explodi nenhuma mina no jogo.

Mas também nunca andou no campo minado. E não ter pisado nas minas não fez com que elas desaparecessem.

Eu queria entender onde você quer chegar com esse papo. Primeiro, vem a história de amor. Depois, esse interrogatório todo. Você me ama tanto a ponto de não me dar sossego? É o que parece.

Eu te amo tanto a ponto de querer que você viva.

Que eu viva do jeito que você acha certo, né?

Eu não falei pra você tomar uma decisão. Nem disse que tudo no mundo é certo ou errado. Não precisei tirar cartas nem analisar a posição dos astros para entender que você não sabe sentir nada. Você reprime tanto os seus sentimentos que uma hora implode. Vai por mim, uma hora você não vai aguentar lidar com as coisas que perdeu.

É uma maneira de ver as coisas, certo? Eu posso achar que não perdi nada. Posso achar que não era pra ser e tudo bem. Assim como posso achar que ganhei as coisas certas.

As coisas certas você pode ter ganhado. Mas e as importantes? Ficaram pra quem? Pro cara que não conseguiu chorar, rir até doer a barriga, bagunçar o cabelo numa formatura, beber até botar pra fora, amar até botar pra fora, dizer coisas das quais se arrepender depois, comprar uma passagem só de ida pra algum lugar exótico e largar essa merda de cidade em que você vive, correr para abraçar alguém de quem você realmente gostou antes dessa pessoa ir embora? Definitivamente, não. Esse cara aí não ficou com nada de bom, só com as coisas certas. O importante ele não viu.

E você viu? Você viu alguma coisa ou só gastou seu tempo me dizendo o que eu deveria ter visto?

Eu vi. Vi um cara incrível, com um coração de ouro, que botou blecaute demais nas cortinas e agora carece de vitamina D. Vi um cara que podia estar se arriscando a viver uma coisa bonita comigo, mesmo que não fosse pra sempre, mas não sabe lidar com isso. Não sabe lidar com o que não tá sob o controle dele. Então ele joga fora. Sinto muito. Muito mesmo. Porque você vai ter que perder mais coisa ainda pra mudar um pouco.

Você acha que ainda falta perder alguma coisa?

Acho. Acho que você ainda vai perder muita coisa desse jeito.

Alguma coisa importante ou alguma coisa certa?

Alguma coisa tipo eu. Se é importante ou certa, é você quem decide. Ou deixa pra lá e segue com o seu jeito de ignorar as coisas que ardem em você e continua perdendo as coisas até não sobrar mais nada.

TUDO VAI EMBORA,
NADA FICA.
ENTÃO POR QUE
VOCÊ SE PREOCUPA?

26

EU TENHO QUESTÕES

Foi bom te ver outra vez
Tá fazendo um ano
Foi no carnaval que passou.
"Máscara negra", Maria Rita

Eu me lembro de estar tocando uma marchinha quando ele puxou minha mão e disse que meus olhos eram bonitos. Quem diz isso num bloco de carnaval? Mas eu fingi que acreditei porque gostei dele. Gostei do movimento de abrir e fechar que a boca dele fazia enquanto mostrava um chiclete cor de anil por entre os lábios. Ele disse o nome dele, mas o barulho tava alto demais e eu só concordei. Tenho esse costume irritante de balançar a cabeça afirmativa ou negativamente mesmo que não tenha ouvido nada do que a outra pessoa falou. Isso já me meteu em algumas furadas, mas funciona bem para conversas que não exigem muita interação. Aprendi que frases fáticas como "jura?", "uhum, entendo", "é mesmo?" e "mentira?" e outras coisas do tipo são ótimas em diálogos em que você não quer ser mal-educado mostrando que não entende nada do que o outro diz ou que não se interessa pelo assunto.

Ele continuou dançando perto da areia da praia, e eu já sentia as bochechas queimarem. Tinha esquecido o protetor solar, droga. O sol de meio-dia no Rio de

Janeiro deixa tudo mais bonito, é verdade, mas também machuca a pele, faz suar, dá cansaço. Multiplique essas sensações por trinta e você terá ideia do que acontece no calçadão mais famoso do país em época de carnaval. Eu me lembro de que o puxador entoava uma das minhas partes preferidas da história do arlequim e da colombina: "Vou beijar-te agora, não me leve a mal, hoje é carnaval". Eis que o cara se sentiu à vontade e tascou-me um beijo suado no meio do inferno carioca. Nossos corpos se misturaram com perfumes doces, gosto de catuaba e cerveja, e um pouco de generosidade e boa vontade também. Seguimos até o fim da avenida de mãos dadas, trocando mais algumas informações, no encontro mais inusitado que já tive.

Aconteceu de a cerveja e a catuaba subirem rápido e, coincidentemente, de ele morar ali perto. Topa subir pra tomar uma água? Topo, o que eu tenho a perder?

Décimo terceiro andar de um prédio supimpa ali no Leme. Apartamento decorado, piso novo de tacos de madeira, quadros com molduras brancas nas paredes industriais. Móveis seminovos, uma cama para cachorro, porta-retratos em que um rosto junto ao dele se repetia algumas vezes. Não deu nem tempo de analisar melhor as estantes antes que ele chamasse. Vou pro banho, vem comigo? E lá fomos nós.

Ele, com a segurança de um príncipe das areias da zona sul. Eu, com vergonha do meu corpo coberto e marcado pela regata que eu não tirava de jeito nenhum. Ele percebeu meu constrangimento e perguntou o que tinha acontecido. Eu tenho questões. E quem não tem? Mas ele não entendia. Não entendia a luta que eu travava com esse corpo e essa pele e esses traços e essa barriga pendurada e essa barba falhada e esse monte de coisas que a gente odeia no corpo da gente, sabe? Eu também tenho questões.

Só que eu não enxergava as questões dele. Não via problemas na barriga chapada e no desenho bonito e curvado das costas dele. Não via problemas na pele salgada nem na marca de bronzeado nas coxas. Não via problemas no cabelo jogado, meio louro e meio castanho, queimado do sol de Ipanema. Não via nada ali que indicasse questões, pelo menos não na superfície.

Você viu os porta-retratos, com aquele cara sorridente que não era eu? Acho que vi. Era o cara que eu amava. Foi com ele que eu desenhei esta casa e instalei lâmpadas no quarto e adotei um cachorro e pintei a parede e fiz as primeiras compras no mercado e discuti se a gente colocaria um balanço na sala. Então é ex-recente? É ex que não volta mais, garoto. Perdi num acidente de carro. Ele e o cachorro, quando estávamos descendo a serra. Há uns meses. Perdi o amor e perdi uns quilos. Perdi o amor e perdi a vontade de ser feliz. Perdi muita coisa de uma hora pra outra. Perdi a preocupação com coisas bobas como a pele, os ossos, o fígado ou os benefícios de uma caminhada longa todas as manhãs. Perdi o chão na hora em que soube que as coisas podem ser arrancadas da gente a qualquer momento e não tem nada que possa ser feito. Perdi tanta coisa de uma hora pra outra que não me importo mais com superfície nenhuma. Minha morte, a morte dele, foi uma senhora escola. Eu tenho questões.

Eram quase três da tarde de um sábado e, naquele apartamento de classe média alta, estávamos nós dois, nus, debaixo de um chuveiro, falando sobre alguém que foi embora, sobre a morte do amor. Ele era grande naquele momento, parecia um reizinho no meio do bloco que a gente ainda ouvia pelas frestas do basculante do banheiro. Nada mais conseguiria abater aquele menino. Eu, com água caindo no rosto, não conseguia esconder nada por trás da máscara negra. Sentia que as minhas questões tinham descido pelo ralo junto com as verdades jogadas na minha cara, junto com a insignificância das coisas que eu achava que importavam, dos surtos com meu corpo, com meu modo de falar, com o jeito como eu lidava com os homens das areias, com tudo o que eu achava que não tinha enquanto ele me ensinava que tudo o que temos pode ir embora no momento seguinte.

Tudo vai embora, nada fica. Então por que você se preocupa? Não sei, reizinho, mas deixa eu te abraçar. Deixa eu te agradecer por essa folia na minha alma. Deixa, vai.

Eu me lembro da água gelada e do barulho das gotas batendo no chão do boxe. Pelas frestas, lá longe, alguém repetia a música que ouvi mais cedo. "Vou beijar-te agora, não me leve a mal, hoje é carnaval."

TENHO VIVIDO
DE ENCONTROS
QUE NÃO SÃO
MEMORÁVEIS.

27

DESAPARECENDO

Those people were overjoyed; they took to their boats
I thought it less like a lake and more like a moat.
"Transatlanticism", Death Cab for Cutie

Tô voltando de mais um encontro legal. "Legal" é meio frio, né? Parece que foi bom, bacaninha, que talvez a comida tenha sido boa e o papo tenha rendido umas risadas. Mas amanhã nem me lembrarei mais. É como falam no *X Factor*: "Foi bom, mas não foi memorável".

Tenho vivido de encontros que não são memoráveis. Começam num restaurante e findam numa mensagem de "vamos nos ver?" que nunca é respondida. O último desses encontros se arrastou por três meses até eu perceber que era insistência, não interesse. Eu tinha que forçar o assunto, empurrar demais as engrenagens, senão a coisa não funcionava. E todo interesse forçado some quando a gente cansa. Não me entenda mal, não é que a gente não tenha que se esforçar, a gente tem, sim. O problema é quando não existe vontade e nós entramos num modo automático em que *só* fazemos esforço. Chegou uma hora em que parei e me perguntei por que eu tava fazendo aquilo. Cri, cri, cri... Achei melhor parar por ali.

Encontro um amigo que me conta sobre seu namoro novo. Fico feliz por ele. Parece que deu de cara com o namorado e soube que era aquilo e ponto final. Bateu saudades, sabe? Não de namorar, não de estar extremamente apaixonado, não de ter alguém com quem partilhar a vida, mas de ter certeza. Não tenho tido certeza nem empolgação. Tô pleno. Acho que posso dizer isso, porque tô vivendo um momento tão bom e feliz que deixei de lado meus relacionamentos. Ainda assim, insisto. Mais um encontro aqui, mais outro ali. Diminuí a quantidade de contatos e concentrei-me em conhecê-los mais a fundo. Sigo a regra dos cinco encontros. Quando vamos chegando perto do quinto encontro, vou desaparecendo junto com o meu interesse. Desculpe, não é você, sou eu.

A gente se preocupa pra caramba quando isso acontece, né? Percebo que meus amigos sentem uma aflição enorme quando não dá certo com ninguém, quando ninguém nos interessa. Parecemos ocos, vazios, desinteressados, um coração *blasé* que entra e sai do Starbucks com novas pessoas. Pelo menos eu adoro *frappuccinos*.

Tento me recordar das últimas vezes em que me senti apaixonado, das vezes em que tive certeza de que gostava de alguém. Parecem tão distantes. Eu gelo nessa hora, sabe? Parece que nunca mais vamos sentir aquilo, e talvez essa crença nos limite. Talvez nos limite a ponto de cortarmos, inconscientemente, qualquer pessoa que não nos tire do chão como as outras já tiraram. Isso nos faz repensar essa frieza: *Mas, calma aí, eu tava meio apaixonado há uns três meses, antes daquele pé na bunda. O que aconteceu então?* Não sei.

Sei que estou voltando de mais um encontro, e esse, provavelmente, foi o nosso último. Vou manter uma conversa por alguns dias, o outro também. Vamos jogar convites no ar, mas não são sinceros . Se fossem, não ficaríamos incomodados com o silêncio do celular. Eu não vou poder ir, o outro também não. Silêncio, mas não do tipo bom, só mais um vazio ecoando mesmo, dizendo que não foi dessa vez. Tudo bem, eu nem me incomodo. Não me incomodo mesmo. Porque sei que isso não vai parar agora e que vou continuar por aí, aparecendo e desaparecendo da vida das pessoas. Não sei se vai durar dois, três ou quatro encontros. Não sei quanto tempo vai levar até eu parar de fazer esforço, olhar pra alguém e ter alguma certeza. Essas coisas nunca são exatas. A única coisa que sei é que vou continuar assim: desaparecendo.

28
Cartões-postais

Ainda vendem cartões-postais?
Paga-se o selo?
O envio é de graça?
Eu me acostumei
a editar meus cartões-postais.
Aumento o brilho,
diminuo a saturação,
pinto o sol de vermelho e rosa,
deixo a grama mais verde e
salvo pra depois.
Não tenho pra quem enviar.
Não conheço os correios.
Alguns até guardo pra mim,
outros publico para todo mundo ver
na esperança de que alguém os localize,
leia o mapa
e veja onde eu vim parar.

ELA NÃO DIZ
PRA VOCÊ, MAS
ELA SENTE.

29

AS COISAS QUE ELA NÃO DIZ

I wanna sing, I wanna shout
I wanna scream 'til the words dry out.
"Read All About It. Pt. III", Emeli Sandé

Ela não diz e se afoga na saliva embaralhada de letrinhas que desce pela garganta. Ela não diz e tem azia porque o estômago queima com cada frase que gostaria de ter cuspido (em você) pra evitar a acidez. Ela não diz e você continua caminhando ao lado dela, como se o mundo fosse perfeito e como se ela não se destruísse por dentro, não se abalasse com a forma errada como as coisas vão indo e não escondesse tudo num resumo malfeito ao dizer que tá tudo bem.

Ela não diz pra você, mas ela sente. E não sabe que tem culpa de as coisas continuarem as mesmas justamente porque não diz, e não diz porque tem medo de mudar demais as coisas. Paradoxo indesejado. Não foi o que ela pediu no menu de entrada. Dá o jeito e limpa com o guardanapo o que quase escapa da boca. Se entope de alguma bebida ou de alguma desculpa pra evitar de novo que as palavras saiam. Você nem desconfia e talvez seja disso que ela esteja morrendo internamente: da sua falta de desconfiança dos sinais dela, da falta de percepção das olheiras de que tem chorado, de quem repuxa os lábios num sorriso mecânico como quem diz que é fachada, mas você não acha que. Ela vai bem, obrigada, mas não vai coisíssima nenhuma. Ela vai ficando chateada, magoada, doída por dentro, ainda que você a chame de doida por causa dos surtos psicóticos que surgem do nada, mas só parecem surgir do nada pra você. Pra ela, a coisa tem história, registros e motivos suficientes pra dar voz ao silêncio, mas ela não diz.

Ela não grita e não olha mais nos seus olhos pra conseguir segurar o forte desejo de despejar de um jeito esganiçado o que arranha as cordas vocais e arranha o peito e arranha esse amor bonito que vocês poderiam ter caso ela dissesse. Vive num futuro-mais-que-perfeito-que-nunca-chega, sentindo a sua ausência prazerosamente presente, que desdenha dela porque não sabe. Você não sabe e ela não diz. Não diz as coisas que ela escreve sobre você num velho moleskine-diário-agenda-papel-de-pão onde faz de conta que as coisas acontecem, e lá ela diz, te diz, me diz, grita e não se esganiça berrando que. Tão evidente que nem precisa rabiscar indiretas ou desejar boa-noite repetidas vezes a você com letra em neon e melodia do Skank cantando que a sorte te sorri e você não sorri de volta e vê que ela te. Não te diz, e eu aposto, aposto contigo hoje ou amanhã, aposto que um dia ela ainda decreta a própria alforria e põe a boca no trombone-alto-falante-teu-ouvido e cochicha baixinho todas as coisas que ela não diz e que você nunca quis ver.

Ou talvez ela se cale pra sempre e cultive o silêncio. Firme, forte e piedosamente bela num suplício sentimental que ecoa pelos restaurantes, pelos jantares que tem com você, pelos mesmos pedidos de sempre, no cardápio em que nunca intervém na sua escolha. Mantendo o silêncio calmo e educadamente bonito como convém à etiqueta (motivada por tudo o que tinha a dizer e não disse).

EU ERA UMA BOMBA-RELÓGIO. ERA UMA QUESTÃO DE TEMPO ATÉ EXPLODIR.

30

NINGUÉM QUER FUMAR CIGARROS DE MENTA

Tu ainda vai querer me aquecer
quando não me restar nem calor?
E quando o cigarro apagar
vão ter valido a pena as cinzas e o frescor?
"A música mais triste do ano", Luiz Lins

Tá sentindo frio?

E quando não tô?

Eu gosto de frio, sabia? Gosto da sensação de ter alguma coisa colada na pele, aquecendo a gente. Me faz lembrar de quando era outra pele.

E os lábios rachados, o cabelo ressecado, as tremedeiras por causa do vento batendo no rosto e tudo mais? Odeio. Prefiro o calor. A água desce melhor, e você sente a garganta com prazer. Você faz as coisas com mais vontade e não fica molenga dentro de casa, encolhido num moletom surrado. Me faz lembrar de quando eu não ficava sozinho.

A gente não tem nada a ver, não é? Ainda assim, cá estamos.

Foi o destino.

Foi nada. Foi a gente que escolheu. No meio de uma festa na cobertura de um shopping no centro de São Paulo. Você de verde, eu de azul. Os dois perdendo alguém sem nem saber o que tava acontecendo. A desesperança nos uniu.

Você se lembra do cigarro?

O filtro branco que você não tinha. Só tinha aquele com as duas bolinhas com sabor artificial de menta. Não entendo gente que fuma e não sente o gosto insuportável daquela coisa. Você suga a fumaça, percebe o pulmão se contraindo e tem uns momentos de pressão baixa que relaxam os ombros. Com aquela porcaria com gosto de menta, você só se engana mais.

É que eu não fumo.

Oi?

Não fumo. Nunca fumei. Tenho o costume de pedir cigarros em festas, quando fico entediado ou quando quero desesperadamente fugir de uma situação. Odeio festas. Não sei por que vou. Aquele amontoado de gente bêbada se esbarrando num espaço minúsculo em que mal dá pra dançar. Por sorte, naquele dia, tinha resolvido voltar a fumar. Começar a fumar, na verdade. Fui numa padaria e comprei um maço e um isqueiro preto. As pessoas tavam começando a desconfiar da minha farsa. Daí quis proteger o disfarce.

E ela gostava disso?

Ela ria. Ela fumava. Sempre fumou. Desde a faculdade. Começou numa brincadeira entre amigos, e ela se empolgou falando sobre o signo dela e aceitou um cigarro de filtro vermelho. Achou que ia morrer. Tossia feito uma tuberculosa. Mas gostou da sensação dos ombros baixando a guarda. E aí foram sete anos de muitos filtros brancos, amarelos e vermelhos manchando os dentes dela.

Você sente muita falta?

Do cigarro?

Não. Dela.

[...]

Que sabor tinha?

Cigarro com menta.

E você gostava disso?

Era bom. Tinha gosto de casa. Eu estranharia se mudasse. Aprendi que ela era assim, sabe? Não conheci aquela mulher de um jeito diferente. Conheci daquele jeito e amei todas as partes dela. Amei até as coisas que eu não tive tempo de conhecer pra amar.

Você sente falta, né? Acha que teria sido diferente se você não tivesse *assim*?

Não sei, cara. Eu era uma bomba-relógio. Era uma questão de tempo até explodir. Uma hora, tava bem, noutra hora, eu desligava o telefone e passava três dias surtado sem falar com ninguém. Eu só reclamava, reclamava, reclamava e sumia porque tinha medo de estar me tornando uma péssima companhia. Ela teve que aguentar muito, eu sei, mas eu também tive. Tanta coisa passava pela minha cabeça, até pensei em me matar, só não fiz isso por causa da minha mãe e por causa dela. É foda. É foda pra caralho. Eu entendo que ela não precisava aguentar essa bomba sozinha, eu entendo que era desgastante, mas ela foi a única parte boa daquele período.

Te entendo. Mas não tem como voltar atrás. Ela deve ter se sentido mal, se isso te consola, mas era demais pra ela também. Ela teve que deixar você ir.

Você também sente falta?

Todos os dias. Comigo foi diferente, eu estava do outro lado. Eu não aguentei e me sinto mal por isso até hoje. Carrego uma dívida com ele. Deveria ter ido embora daquela festa em vez de ter te pedido um cigarro. Talvez eu pudesse ter evitado o caminho que as coisas tomaram...

Você não tinha como prever. Ninguém tinha.

Se alguém tinha como prever, era eu. Não era óbvio que o meu namorado cheio-das-coisas-na-cabeça-e-remédios-na-carteira se jogaria na frente de um carro pra acabar com tudo o que ele tava sentindo? Ele costumava me dizer que tinha medo da névoa que se formava quando os antidepressivos batiam. Ele se afastava. Era bizarro, dava pra ver o corpo desfazendo as tensões e os olhos ficando nublados. Ele era só neblina, cara. E, mesmo assim, eu não aguentei. Talvez eu entenda o lado dela, mas nem por isso é o lado certo.

É... Ela fez o que tinha que fazer. Você também. Não dá pra salvar alguém de um troço invisível desses. Bem ou mal, eu nem sei como me salvei. Achei que eu ia chegar no fundo do poço quando ela foi embora daquela festa, mas eu só botei um cigarro na boca, joguei dois comprimidos pra dentro e tomei os três drinques mais fortes do bar. Senti uma névoa e um distanciamento e me aproximei do parapeito da cobertura. Foi quando você chegou e pediu um cigarro forte, e eu não tinha. De alguma forma, você me salvou.

Você não sabe de nada, cara. Estamos os dois aqui tentando sobreviver. A gente tem que se salvar o tempo todo. Uma jogada errada e pronto. Você perde alguém que era importante ou se perde. Eu devia voltar a fumar. Não fumo desde o dia da festa. Meu último cigarro tinha gosto de menta. Perceba quão triste é minha parte da história.

Você sente muita falta?

Do cigarro?

Não. Dele.

Todos os dias.

Que sabor tinha?

Era doce. Sempre. Independente do filtro branco, vermelho ou amarelo.

O divã

COMO É MESMO O NOME DO MENINO DE AMANHÃ, GENTE?

31

VOCÊ JÁ TEVE INSÔNIA?

Anyone can see
that I've had too much to dream
I'm singing 'till I'm screaming,
dancing 'till I'm bleeding.
"Too Much to Dream", Allie X

Odeio acordar no meio da noite. Odeio a bosta da cortina que comprei e que prometia causar um apagão aqui dentro, mas que, no máximo, não mostra minha bunda pros vizinhos da frente enquanto troco de roupa. Odeio acordar às três da manhã com azia e vontade de fazer xixi só porque estou mais velha e até uma bosta de um vinho me dá ressaca em poucas horas. Mas, principalmente, odeio levantar e andar pelo corredor apagado porque me cago de medo de dar de cara com uma mulher vestida de branco, ou preto, ou sei lá que cor, na porta do banheiro. Já levanto rezando ave-marias e invocando o pouco de que me lembro das aulas de catecismo. Cara, como eu odiava o catecismo. Eu só ia pra igreja pra dar uns beijos no Robertinho, mas o Robertinho só ia pra igreja pra dar uns beijos no Fabinho, e aí me dei conta de que não fazia muito sentido ir e desisti da hóstia.

Odeio quando acaba o papel e eu tenho que tomar um banho depois do xixi. Não nego que já pensei em usar uma toalha em vez de tomar banho, mas um julgamento moral interno não me permite fazer isso. Vontade não falta. Odeio ter que tomar um banho a essas horas. Já é um martírio conseguir dormir sem dez, vinte ou trinta miligramas de alguma coisa, e, quando eu finalmente consigo, lá vem o xixi. . Talvez fosse melhor dar de cara com a tal mulher no corredor, morrer logo de uma vez e não ter que passar por tudo isso. . E amanhã eu ainda tenho que ligar pro João. Não, é Miguel. Não, é Eduardo. Ai, que bosta, não decorei o nome do menino de novo, mas amanhã eu confiro em alguma rede social. Tá lá entre os amigos recentes; no celular, tá como "menino do Tinder". Por que eu faço isso? Antigamente, eu me lembraria do nome dele, assim como me lembrava de todos os itens da lista de mercado e do número de telefone da minha mãe e dormia em pé no metrô às seis da manhã sem problema nenhum. Hoje em dia, eu pareço um panda em período integral, e meu humor é tão bosta que duas vezes por semana eu almoço sozinha pra não ter que olhar pra cara de cu das pessoas do escritório. Meu chefe disse, essa semana, que eu não tenho foco e que deveria ser mais amigável com as pessoas. Eu também odeio o meu chefe.

 Odeio o barzinho da esquina que não respeita os moradores deste prédio numa terça-feira. Se bem que a moradora do trezentos e nove, vulgo eu, também não costuma respeitar os moradores deste prédio quando resolve dar uma festinha ou encher a cara sozinha. Ouvir Bon Jovi de madrugada, no volume quarenta da televisão, não é lá a melhor definição de respeito que posso dar. Mas que se foda. Eles tinham que respeitar meu sono. Como é mesmo o nome do menino de amanhã, gente? Eu deveria saber, até porque ele passou duas horas falando das coisas legais que já fez e que eu nunca teria dinheiro pra fazer antes dos vinte e cinco anos, mas aparentemente ele teve a sorte grande de nascer numa dessas famílias que vivem desde sempre numa casa no Morumbi e nunca teve problemas para fazer tudo o que todo mundo quer fazer antes dos vinte e cinco.

    Odeio beber água gelada de madrugada, porque desce rasgando a garganta, mas tá aí uma coisa que eu tenho de madrugada: sede. E insônia. E hoje também tem ressaca e essa merda de ansiedade que não me deixa pregar os olhos de novo porque não paro de pensar que a gente ainda não descobriu o sentido da vida. Será que os extraterrestres existem? Será que vai rolar aquela graninha que meu pai ficou de me dar pra viajar no fim do ano? Será que o mala do meu chefe vai me promover ou vai preferir aquele pangaré que vive puxando o saco dele? Ele usa mocassim; ninguém que usa mocassim deveria ter aquela vaga. Aposto que meu chefe vai escolher o cara só pra me irritar. Porque eu não tenho foco, segundo ele, mas quem precisa de foco quando eu tenho uma jaqueta de paetês maravilhosa que comprei na 25 de Março num dia desses? Só não sei quando vou usar esse cacete. Não sei onde vou usar a maioria das coisas que compro, pra dizer a verdade. Mas eu preciso delas na hora em que visto; já disse isso umas cinquenta vezes para me convencer de que é verdade.

    Não saio muito. É bem raro, na verdade. Não gosto de lugares muito cheios porque me dão medo de bater o pânico. Eu posso achar que vou morrer e ter que voltar correndo pra casa, chorando num táxi e ligando pro Pedro pra perguntar como estão os peixes. Odeio não ter uma desculpa melhor pra ligar pro meu ex, mas eu realmente me preocupo com o Pedro. Com os peixes, digo. Será que ele percebe e não desliga porque tem pena de mim? Na próxima vez, vou mandar o Pedro ir se foder. Vou ligar pro Márcio. Não, é Manuel. Não, droga, acho que é João mesmo. Enfim, vou ligar pro "menino do Tinder". Ele vai achar que eu tô apaixonada, que merda, mas vai ser até bom que ele me pergunte sobre a noite e eu diga que bebi demais e me emocionei com uma música do Los Hermanos que tocou na balada – se bem que só tocam "Anna Julia" nas baladas e não dá pra se emocionar com isso, mas ele nem deve conhecer o repertório dos Los Hermanos ou frequentar essas baladas do Centro. Então tudo vai ficar bem. Espero, né? Espero que fique mesmo, porque odeio acordar no meio da noite e ouvir tanto barulho na cabeça, junto com o barzinho da esquina, que, pelo menos, só não respeita os moradores desse prédio nas terças-feiras. Odeio que isso aconteça comigo todo dia.

"CARA, VOCÊ É ESPECIAL PRA CARAMBA, SABIA?"

32

GATILHOS

Maybe it's all a big mistake
And you live on all you take
From the lives that have always been close.
"Simple Pleasures", Jake Bugg

Ele veio com um papo de que iria rolar um show do Jake Bugg e me convidou. Disse que a-do-ra-va, assim, com essa entonação pausada mesmo, que é pra mostrar intensidade. Na verdade, acho que ouvi três músicas do Jake Bugg em toda a minha vida, e uma delas foi por acidente. Foi num dia em que o carro do meu pai quebrou no meio da estrada e a gente não teve outra opção a não ser ouvir o rádio, já que a bateria dos nossos celulares estava para morrer e valia mais a pena guardá-la para uma emergência. Tocou uma música do tal do Jake Bugg enquanto ainda faltavam uns vinte e cinco minutos pro seguro mandar alguém. *"I don't understand this life you lead, tryna be somebody else."* Era uma música meio tocante, parecia que eu estava caminhando pro fim de algum episódio de *The O.C.*, mas sem a emoção necessária pra deixar a cena bonita.

Depois do papo sobre Jake Bugg, percebi que ele não parava de olhar para o relógio. Não tem nada que me deixe mais agoniado do que gente que conta as horas para ir embora, e resolvi perguntar se ele tinha algum compromisso. Ele ficou assustado, então devia ser T. O. C. Ou então ele mentia muito bem. Perguntou se eu queria mais vinho e me pediu pra escolher um. Eu disse à garçonete que preferia um carménère e pedi pra ver a safra. Falei que era mais encorpado que um cabernet sauvignon, e ele acreditou. Na verdade, eu não sei bulhufas sobre vinho. Só sei pôr na boca e sentir o aroma. Vario entre os mais doces e os mais fortes, os mais secos e os mais suaves, e de resto é tudo vocabulário que aprendi lendo um livro paradidático no colégio. Já foi uma grande vitória escrever os nomes das uvas sem pesquisar no Google.

Bebi mais vinho do que deveria, e ele deve ter percebido. Comecei a falar rápido, discuti sobre a situação política na Europa e contei sobre minha última viagem, mas tentei me manter distante daqueles clichês de que lá é melhor que aqui, porque eu só passei nove dias lá e acho que é arrogância demais dar pitaco com base numa experiência medíocre dessas. Sujei a camisa branca – quem é que usa camisa branca quando sabe que vai beber vinho? – e pedi desculpas por ser desajeitado assim. Ele riu. E eu acho que foi a melhor parte da noite, ele rindo, olhando pra baixo, se divertindo sem olhar pro relógio, sem mexer no celular, exibindo aquelas covinhas como se estivesse pelado, e foi ali que eu pensei: *Tá aí... Ele tem algo pra me apaixonar*. Todo mundo tem; talvez a gente não descubra de cara, talvez a gente nunca descubra, mas todo mundo tem um gatilho que nos faz olhar para a pessoa com outros olhos. É o que dá sentido à coisa dos encontros. Se eles se prolongam, talvez você tenha encontrado o gatilho. Se eles acabam rápido, talvez haja pressa, ou vocês não se gostem, ou os gatilhos não sejam fortes o bastante para dar sentido a uma conversa de algumas horas com um completo desconhecido. Na dúvida, eu sempre escolho um lugar com comida boa. Posso me arrepender do encontro, mas sempre saio satisfeito.

No fim, estávamos os dois bêbados, falando das nossas frustrações. E eu gostei ainda mais dele. Ele me disse uma coisa linda, cara, que acho que nunca vou esquecer. Enquanto eu perguntava se ele comeria as batatas que estavam no prato dele, porque eu ainda tava com fome, ele me olhou e disse: "Cara, você é especial pra caramba, sabia?". Eu quase não comi as batatas, só pra manter aquela cena intocável, mas o álcool desperta um monstro faminto dentro de mim. Sorri de boca fechada enquanto mastigava. Ele não tentou competir comigo pra ver quem tava mais na merda, não tentou me dizer que tomava remédios de tarja preta e fitoterápicos, não falou das horas no analista nem de como ele glamorizava essa porra toda de se sentir mal. Nada. A gente terminou a conversa com um genérico e sincero "é, tá foda". E eu pensei: É, tá mesmo, mas talvez possa ser um pouco menos foda com você.

VOCÊ PRECISA APRENDER A SER MAIS GENTIL CONSIGO.

33

POUPE-SE

Lights will guide you home
And ignite your bones
And I will try to fix you.
"Fix You", Coldplay

Você tem sido muito duro com você mesmo. Talvez você não perceba, mas se bateu em todas as vezes em que deveria ter se tratado um pouco melhor. Nem precisou pegar uma vara de marmelo em cima da cômoda e explorar o seu corpo. Nem precisou cravar as unhas na pele e deixar indícios da culpa no sangue seco nas cutículas. Nada disso. Foi só você gritando com a pessoa que você é.

Você ignora as suas dores. Acha que elas são bobagens que não precisam ser colocadas pra fora, mas está sempre tentando dizer alguma coisa sem saber como se expressar. Expressa com fogo nos lábios e fumaça pra dentro do corpo, com goles bem servidos de líquidos amargos, com caras que não valem metade da conversa jogada fora enquanto entram em você. Você diz. Seu corpo diz. Só que você não se escuta. Talvez tenha medo de confrontar os fantasmas, os demônios ou as pessoas que não parecem tão assustadoras quanto os seres mágicos e horrendos que aprendemos a temer. Talvez por isso você tenha mais medo do silêncio que do escuro, embora nunca tenha parado pra pensar nisso. A quietude te faz entrar em contato com a única presença na sala: você.

Você não conversa com o espelho. Não basta se arrumar, ajeitar os cabelos, escovar os dentes, brincar espalhando um creme no rosto. É papo de encarar mesmo. Olhar nos seus olhos do jeito que olhariam pra você no momento que antecedesse o melhor beijo da sua vida. Dá medo de cair pra dentro da gente e descobrir que tá tudo uma zona, tá tudo errado e não tem muito como fugir. Não tem como mesmo, viu? O caminho mais fácil, nessas horas, é não se olhar nos olhos para não cair pra dentro de si. Já o caminho libertador é enfrentar as coisas ruins que você tem vivido e que não conta pra ninguém.

Você tem receio do eco da sua voz em espaços pequenos porque não se sente confortável com a ideia de responder a todas as suas questões. Mas também não se pega no colo, não é? Cobrança, cobrança, cobrança. Até a sua gentileza cobra de você um desconforto por se sentir livre. É como se você tivesse vindo a essa vida pra sofrer e qualquer felicidade ou paz disparasse um alerta de que as coisas estão erradas, porque você acha que não merece essas coisas. O que você veio fazer aqui? Sobreviver? Passar pela vida sem sentir nada de bom? Poupe-se. Sem ironias. Apenas se poupe.

Você precisa aprender a ser mais gentil consigo. Entender as suas falhas e aprender com elas, sem usá-las para recriminar o seu caminho até aqui. Tem coisas que aconteceram há anos e ainda machucam porque você não conseguiu se perdoar, embora perdoe de coração aberto outras pessoas. Tem gente que ama a sua companhia, ama o seu jeito de ver o mundo, ama os seus talentos para jardinagem ou gastronomia, ama a sua ligação no final de semana chamando pra jogar videogame ou trocar um papo-cabeça depois do jantar. Ainda assim, você não consegue ver essa pessoa que os outros amam.

Pois bem, convide-a para comer alguma coisa, bater um papo, lavar a roupa suja a quatro mãos. Conheça melhor a pessoa que vive dentro de você. Seja amável com ela, como você é com os outros. Quem sabe, com alguma sorte, você consiga restaurar a sua alma e conviver com o silêncio amigável da sua própria companhia.

34

Papai e mamãe

Você se escora em bons homens,
bons pais, bons amores,
mas você é frio.
Recusa o amor que acha que
não merece e sai por aí
atrás da brutalidade.
Você não é seu pai.
Você não é sua mãe.
O que fizeram com você, criança?

Vítima de um sistema que dizia
que pra ser amor precisa doer,
machucar, deixar casquinha na pele.
Não consegue abraçar o
carinho que te dão.

SERÁ QUE
FALTOU AMOR?
PORQUE EU NÃO
SEI AMAR.

35

EM EBULIÇÃO

I met you in the dark
You lit me up
You made me feel as though
I was enough.
"Say You Won't Let Go", James Arthur

Todos os dias, pela manhã, eu me esforço para sair da cama. Luto contra algo um pouco mais forte que o desejo de passar só mais cinco minutos sob os lençóis. É uma espécie de apatia generalizada. O colchão me absorve feito areia movediça até que, convencido de estar desperdiçando minha vida, eu me levanto, horas depois, para colocar água no fogo, tomar um banho e preparar o café, exatamente nessa ordem.

O tempo das coisas me admira. Não só o tempo das coisas, mas o tempo em si, como algo maior que a gente. Ontem acordei com a Nana Caymmi cantando uma canção que fala sobre o tempo, sobre como ele debocha da gente nas passagens da vida. E concordo com o trecho em que ela canta que o tempo sabe passar e ela, não. Eu também não sei. O máximo que consigo é desacelerar a cena para reparar em tudo que está envolvido nela. O barulho que vem de fora da janela, as coisas que preciso fazer ocupando a cabeça, as notificações do celular implorando atenção, a força que invoco para me levantar, a água na chaleira, o fogo azulado, o ranger da porta do banheiro, as roupas caindo no chão, as primeiras gotas de água que assustam o corpo adormecido, a mente navegando durante o banho, o aviso da água em ebulição, os pensamentos mergulhados em névoa.

A água ferveu demais. Evaporou.

Não são raros os dias em que fico sem café por puro descaso. Sinto que há dias melhores que outros, é claro, mas alguns deles são simplesmente insuportáveis. Você já morou sozinho? É o maior fardo para quem não consegue se aguentar. Os períodos de silêncio são quebrados apenas por barulhos externos enquanto a cabeça trabalha. Eu deveria ter sido tão rude assim com ele? Será que as coisas teriam sido diferentes se eu tivesse dito o tanto que eu queria que ele ficasse comigo? A gente pode mudar a decisão de alguém só com o que não foi dito? As perguntas têm um efeito anestésico.

Mamãe me ensinou a dobrar as bordas do coador de papel para agilizar a descida da água. Isso faz com que as coisas aconteçam mais rápido. Será que me faltou sensibilidade para aparar minhas arestas? Ser um pouco mais flexível, para que ele pudesse passar por mim de uma forma mais fácil? Será que faltou amor? Porque eu não sei amar. Eu teorizo as maneiras mais puras de afeto tentando encontrar explicações para elas. Eu me seguro, peço calma. "Vá com calma, amor." "Espera lá." "Mais pra frente pensamos nisso." Meu mecanismo é o da função soneca. Postergo os sonhos do outro, adormeço o corpo dele na cama, digo que mais um pouco de letargia não faz mal a ninguém. Foi assim por um tempo, até que ele se cansou. E quem não se cansaria de alguém que nunca está preparado? "Eu não posso agora, amor", eu dizia pra ele. "Depois a gente resolve." Não houve depois.

"Você ama outra pessoa?" "Não amo", jurei pra ele. "Só não sei amar você." Não aprendi. Não me ensinaram como me importar verdadeiramente com alguém a ponto de demonstrar. Eu me roía de inveja das cenas de cinema que me faziam acreditar em amores roteirizados, mas nunca consegui agir como os personagens. Ele sabia disso. Sabia que o meu amor vivia dentro de um contêiner, enquanto o dele era o próprio 31 de dezembro nas areias de Copacabana. Fogos de artifício. Mas, veja bem, nunca pedi que ele se contivesse. Pelo contrário, meu amargor vinha de não conseguir explodir em afeto como ele fazia. Dava pra sentir isso. Dava pra sentir todas as minhas travadas, até na hora do sim. Dava pra perceber o quanto eu remediava e adiava e dizia que uma hora as coisas mudariam, mas eu mesmo nunca mudei. Nunca sucumbi à frieza e à falta de porre de amor, enquanto ele se embebedava de amor. Enquanto ele saía cedo da cama. Enquanto ele deixava o café feito para quando eu estivesse pronto pra levantar. Será que eu deveria ter tomado remédios ou me afastado? Eu deveria tê-lo encontrado em outra época da vida? Foi minha culpa ou culpa dessa anestesia que me abateu? Um dia, já não tinha mais café. Só o tempo passando e alguém que tinha desistido de esperar por mim. Justo. Não dá para esperar que os outros carreguem nossas cruzes. Eu mal consigo carregá-las.

Não são raros os dias em que fico sem café. Encontrei aí uma forma de me punir: sem café, eu me lembro de que não o tenho mais. Um lembrete delicadamente arquitetado pela mente e executado para me recordar de que ele não aguentou esperar. Eu deveria ter tentado com mais força e me jogado? Por que a gente tem tanto medo de ser feliz, a ponto de renegar um amor por receio de perdê-lo? A água escorre pelo rosto num banho demorado. Os únicos barulhos vêm das gotas batendo no chão do banheiro e do apito desesperado da chaleira em ebulição.

A água ferveu demais. Evaporamos.

Houve um tempo em que você era só névoa, lembra?

36

MÃE

I've tried so hard to tell myself that you're gone
But though you're still with me, I've been alone all along
"My Immortal", Evanescence

Caí. Queria que você tivesse me pegado no colo, limpado os meus joelhos, dito alguma coisa que eu não entenderia e mexido no meu nariz. Queria que você me botasse no chão e dissesse que eu conseguiria mais uma vez. Mas você não fez isso. Você me tirou do chão. E dois anos se passaram até meus patins me fazerem cair de cara no chão numa festa de aniversário. Você correu comigo nos braços, num carro emprestado, pra ver se os meus ossos estavam inteiros, mas não dava a mínima pra quão quebrado eu já estava. Tudo bem, tudo bem, o menino só vai ter umas dores musculares e uns machucados. O sangue foi só um susto. E lá foi você tirar mais uma coisa da minha frente. Até quando achou que poderia me proteger?

Sei que não fez por mal. Sei que você passou por muita coisa e foi machucada de jeitos que nem posso imaginar. Dá pra sentir o seu carinho. Dá pra sentir a forma como você me abraça e me pergunta se eu gosto da cor do seu cinto e se combina com o seu vestido. Dá pra notar o orgulho quando você diz que eu tenho a sua cara e que puxei ao seu lado da família. Mas eu queria que você tivesse dito que eu conseguiria. Que eu cairia de novo e de novo e de novo e mais um pouco e você não poderia tirar da minha frente cada uma das coisas que me fazem tombar. Você podia ter dito que é assim mesmo, que às vezes a gente cai e que dá pra levantar. Que dá pra seguir em frente ou contornar o cerco ou pular por cima, mas você achava melhor tirar os obstáculos do meu caminho. Até que não deu mais, porque era eu o obstáculo na bosta do caminho.

No fundo, eu sei que era o que você queria que tivessem feito com você. Que alguém tivesse pegado aquela menina no colo e tirado as coisas ruins que apareciam na frente dela. Mas tiraram a infância dela. Em troca, deram a ela uma vida dura e nada gentil. Acabou que eu e você crescemos de um jeito meio parecido. O homem das nossas vidas nos traiu. Acho que isso me fez entender você melhor, entender como você lidava com a dor, como não suportava me ver sangrando. Também entendi as bulas e os remédios e o silêncio completo depois das vinte e duas horas porque você já tava grogue. Entendi por que não tinha ninguém da minha família nas comemorações do colégio e por que, no seu dia, você acordava às cinco horas da manhã pra garantir que eu pudesse frequentar uma escola. Cá entre nós, eu sempre admirei isso em você e nos seus ossos e nos seus olhos, que parecem os meus, e nessa força toda que você tem.

Houve um tempo em que você era só névoa, lembra? Foi porque ele disse aquelas coisas horríveis. Você achava que aquelas coisas eram verdade, e os seus ossos doíam, seus ligamentos se desfaziam, sua luz ia toda embora pelo ralo que ele abriu. Eu tentei deixar o túnel aberto, viu? Tentei enfrentar o Golias com tudo o que eu tinha, mas seu Davi era fraco. Não podia tirar um gigante da frente. Daí você decidiu que era melhor fechar os olhos e ser feliz. Isso me ensinou muito sobre a vida. Às vezes, a gente escolhe um caminho escuro porque sabe que o chão liso não vai nos fazer cair, mesmo que não possamos ver nada de bom pela frente. Mas eu te perdoo. Por ter me segurado tanto e por nunca ter dito que eu conseguiria. Eu te perdoo porque vejo em você a criança e o adolescente chato que eu fui. Também vejo esse cara aqui de hoje. Eu te perdoo porque você também caiu, mas sempre se levantou para me pegar no colo e não me deixar passar pela mesma coisa. Eu caí. Mas você tava lá. Você sempre esteve lá, mãe.

É *COOL* SE AVENTURAR NA FANTASIA DA INSTABILIDADE ALHEIA.

37

GERAÇÃO PROZAC

We used to be worth it
We never gave up
It wasn't on purpose.
"What Happened to Perfect", Lukas Graham

Tenho amigos que acham chique usar Rivotril e outras drogas para dormir. Nos nossos papos em bares, em festas ou em situações cotidianas, eles especificam dosagens e nomenclaturas científicas dos remédios que tomam. No meu dia a dia, navegando na internet, também vejo pessoas trazendo à tona seu lado controlado. É o glamour em tarja preta.

Não que eu tenha algo contra antidepressivos ou componentes químicos feitos para ajudar as pessoas, mas vejo de perto uma confusão perigosa. Nenhuma dessas pessoas foi realmente diagnosticada, mas é *trendy* dizer que é bipolar ou está depressivo. Nenhuma dessas pessoas entende a realidade por trás desses termos. A depressão é uma doença que se instala silenciosamente e é responsável por acabar com muitas vidas no Brasil, o país mais depressivo e ansioso da América do Sul.

Nunca vi tanta gente assumindo, ainda que com vergonha, seus problemas mentais. Ao mesmo tempo, nunca vi tanta gente desprezando os problemas mentais alheios e misturando Prozac com vodca para ficar *high* em eventos sociais. Cheguei a ouvir que "cara de dopado é supersexy, né?". Quem tem problemas mentais lida diariamente com o tabu de falar sobre eles. Existe o medo de ser considerado fracassado, menos competente, de ser um peso nos seus relacionamentos, de ser visto como louco ou receber outros rótulos nada agradáveis.

Quem tem problemas mentais é constantemente questionado e ouve que é só dormir que passa, que basta sair de casa e pegar sol ou que é "frescurite aguda", uma espécie de palhaçada da classe média. Cheguei ao cúmulo de ouvir que depressão é falta de porrada. Já me perguntaram por que eu estava triste quando eu não sabia minimamente o que responder. Já fizeram questão de me lembrar do quanto eu ganho, do que eu faço, das pessoas que tenho ao meu redor e de que eu deveria ser mais grato e menos problemático. *Afinal de contas, é uma escolha pessoal.* Enquanto muita gente acha que ansiedade é um leve estado de antecipação por conta de algum evento futuro, quem sofre de transtorno de ansiedade mal consegue lidar com a palpitação, a enxaqueca e o turbilhão de pensamentos que inunda a cabeça. Enquanto tem gente que acha que ter depressão é o mesmo que estar triste, milhares de pessoas continuam pegando seus ônibus, indo ao trabalho, marcando encontros em restaurantes, vendo filmes novos no cinema, sorrindo pra fotos e se sentindo miseráveis por dentro. E a geração Prozac ainda criou uma espécie de competição de quem tem mais problemas mentais e toma mais comprimidos. Quem for capaz de misturar tudo com álcool e ficar bem ganha um prêmio pelo risco que correu. É *cool* se aventurar na fantasia da instabilidade alheia.

A verdadeira geração Prozac torce todo santo dia para não depender mais de medicamentos para ter uma vida normal. Espera conseguir retornar ao seu melhor estado, quando as coisas não eram um fardo, quando elas mesmas não se sentiam um fardo para si e pros outros. Essa geração dá a cara a tapa, enfrentando todos os tabus que envolvem psicólogos, psiquiatras, e admitindo que não está bem. Quem tá na linha de frente do tabuleiro de xadrez não são os reis e as rainhas que se aproveitam do jogo para criar novas modas *underground*. Quem tá na linha de frente não acha chique usar Rivotril, diazepam ou qualquer outro composto que ajude a mente a se distanciar dos seus conflitos. Pelo contrário, essas pessoas sabem que botar um desses comprimidos pra dentro não é o início de uma festa divertida. É o início de uma batalha diária.

38

Nossos tamanhos

por mais que eu já não passe mais do outro lado da rua
você ainda mexe comigo.
é como se os meus ossos sentissem
os pequenos estalos entre eles
quando eu dizia que a sua tatuagem tinha sabor.

você morria na minha boca
cheia de cinzas
e eu não entendia por que você não se sentia preenchido.

demorou muito
(umas três vidas e algumas angústias)
pra entender
que o problema não era o meu tamanho
não era o meu gosto
não era a minha fúria
ou a maneira como eu torrava os pães de manhã.

nada faria com que eu coubesse
num molde pequeno demais
pro tamanho da minha alma.

[ainda assim, dói.]

FAVOR NÃO ALIMENTAR MINHAS ESPERANÇAS.

39

É A ÚLTIMA VEZ QUE TE RESPONDO

I'm holding on to all the pieces of my heart's debris
'Til it's time
I'll pull it together and fix myself eventually.
"Mine", Phoebe Ryan

Eu tava olhando pro meu celular e vi a data. Antes disso você era presente, tava ali, tentando, tentando; eu tentava também e tive quase certeza de que a gente iria conseguir quando você me chamou pra ver um filme ruim. Ri da sua escolha e ri do filme e ri na hora em que você deitou a cabeça no meu ombro, porque eu sempre esperava por esse momento.

Eu sempre deixava as pernas cruzadas e colocava as mãos estrategicamente semiabertas sobre as coxas. Braços encostados, e aí eu suava, nem via o filme direito, esperando pra ver se você ia me dar a mão e encostar a cabeça em mim. Você fez tudo isso e nem tem muito tempo, então quando foi que você desistiu de mim?

Foi naquela festa junina à qual você deixou de ir pra ver seus pais. Foi naquele musical ao qual eu tava louco pra te levar, mas você tinha que jantar com uma amiga. Foi no cinema da outra semana, ao qual você só me avisou que não poderia ir no dia seguinte. E, de lá pra cá, eu sou remédio. Você me toma em doses homeopáticas. Você me deixa num cantinho e esquece a bula. Esquece as doses de tempos e tempos até que para de me tomar.

Eu tava olhando pro celular e lembrando de tudo. Tá bem, a coisa toda não foi tão longa assim, mas ainda assim foi alguma coisa. Teve os procedimentos-padrão de vinho e conchinha, de acordar mais cedo pra tomar café, de analisar as minhas tatuagens, de perguntar se eu não queria viajar com você. E é isso que mata: você tinha planos. Ou parecia ter. Quando foi que você desistiu deles e não me avisou? Fico com a impressão de que comprei as passagens e vou embora sozinho. O banco ao lado vago; no seu lugar não vai mais ninguém. Melhor pra mim, posso deitar nos dois bancos. "Melhor pra mim", é o que eu continuo dizendo a mim mesmo.

Ontem você mandou algo, e não me respondeu ainda. Favor não alimentar minhas esperanças. Se lesse a placa e soubesse como o animal que mora aqui reage, você não me alimentaria. Mas você me alimenta. De vez em quando, sem tempo o bastante pra ficar. Não é sobre mim nem sobre você, é só mais uma história com uma ponta solta, sem final – se é que eu posso chamar de final. Você diz "oi", e eu respondo, emplaco um assunto e você ri. Morremos nas apresentações, quando eu achava que já te conhecia.

Digito alguma coisa e tento não pensar nisso. Não importa mais agora, já segui em frente. Só tenho que devolver seu casaco e repetir cinco vezes diante do espelho, antes de sair de casa, que eu não quero mais, que tô bem sem você, juro. É só que eu queria ter tido algo, ponto final, nada fora do comum. Daí você pergunta algo. E eu reluto, mas respondo. Três dias depois, você pergunta de novo. Demoro um pouco e respondo. Não consigo disfarçar o imediatismo. Agora já faz três dias desde que você disse que já voltava e não voltou. Acho que era um recado. E agora o celular vibra, tudo novo de novo. Não sei o que faço, tá tarde, eu preciso dormir. E agora eu encaro a tela e digito e apago, digito e apago.

Resolvo responder, mas amanhã direi a mim mesmo, cinco vezes diante do espelho, que tô bem sem você, que é pra ver se dá jeito. Desligo a internet e deito, satisfeito. E, de novo, prometo que nunca mais vou te responder. Até a manhã seguinte.

APRENDI QUE AMOR DÓI.
FOI POR ISSO QUE NEM FIZ QUESTÃO DE MACHUCAR VOCÊ.

40

CRUEL DEMAIS PRA NÓS DOIS

I hate you
Every time I fuck you
But I closed the door.
"Hatefuck", Cruel Youth

Nunca precisei de você. Na vez em que você me ligou chorando, pedindo que eu pegasse o carro e corresse praí, eu não fui porque não quis. Tava de pijama, vendo algum programa bobo na televisão, e não queria sair no frio só pra te ver. "Só." Também saí correndo do casamento da sua irmã, fingindo que estava passando mal, porque tomei um negocinho antes e bateu errado no altar. Nem liguei pro fato de que você teria que sair sozinha da igreja. Voltei depois pra festa, um pouco melhor, mas só porque tive vontade de beber.

Inventei uma monte de coisas para não ter que aturar você falando de blá-blá-blá, como a vida vai mal, e blá-blá-blá, os seus problemas com a sua mãe, e quem liga pra isso? Não te dei presente de Natal em 2012 e disse que tava quebrado, mas comprei um game novo pra mim. Não era presente dos meus pais. Também não tenho família em João Pessoa. Eu só precisava de férias de você. Preferi não tirar foto para não ter que me explicar. E havia sinal de telefone, eu é que tirei o chip pra ficar longe por um tempo.

Porra, eu fiquei mal mesmo quando você perdeu o bebê. Ainda mais porque era eu quem tava dirigindo aquele maldito Corsa prateado depois do churrasco do seu pai. Eu não devia ter aberto o uísque nem mais um galão de pinga, mas, que se dane, eu nunca pensei em você. Talvez tenha pensado mais na criança e nos olhos que eu queria que fossem iguais aos meus do que em você. E isso faz de mim uma pessoa ruim? Só porque eu tô falando as coisas que as pessoas não costumam falar pras outras?

Olha, eu enchi o saco. Enchi o saco até quando fui bater na sua porta e dei uma surra naquele seu namoradinho de merda depois da segunda vez que você me botou pra fora. Enchi o saco no dia em que você me disse que gostava de mim a ponto de ver um lado meu que ninguém vê. Que merda de lado é esse? Nem eu vejo. Não tem lado nenhum, mulher, eu sou uma folha em branco. É isso aqui e pronto. Sou estúpido. Aprendi que amor dói. Foi por isso que nem fiz questão de machucar você. Nunca houve amor. Houve alguma coisa errada que nos acorrentou por mais tempo do que eu queria. Houve alguma força que me puxava e te puxava e embaraçava a gente até a hora em que a gente se mataria. Não aconteceu. Não me matei, não te matei, quer dizer, não fisicamente. Tenho certeza de que aí dentro tá tudo quebrado. Você mal consegue olhar pra outro cara sem sentir as coisas que eu fiz você sentir. E mesmo assim, mesmo depois de tudo, você vem me dizer que eu sou a pessoa que mais te amou? Se enxerga.

Você sabe nada sobre o amor. Você não deu vida nem pra você mesma e vem falar que amou incondicionalmente o veneno que eu botei no seu café durante todos esses anos? Você vem me dizer que queria que ele tivesse meus olhos e minha boca e tudo que você nunca teve de mim? Você é estranha e sabe disso. Sabe que essa paranoia uma hora vai matar a gente e não vai ter camisa de força que nos segure. Você sabe que eu te dei tudo o que você é hoje. Te dei vida, uma casa para cuidar, um amor de cinema cheio de entrelinhas e coloquei um filho no seu ventre pra você jogar fora. Eu te dei comida e as histórias que você escreve naquele diário fedido, que eu queimei junto com as suas roupas. Eu te dei isso. Você não tinha nada, você não era nada, você nunca foi nada. Você não tem amor nenhum, amor nenhum, amor nenhum. Você tem tão pouco, mas tão pouco, que mesmo depois de tudo isso você não se move, não grita, não me agride, não me incinera, não pega a pá e abre a minha cabeça, não manda largarem no chão essa caixa em que eu tô e vai embora. Você se importa em não me deixar pros bichos. Você só chora, só chora, só chora. Você continua ligando pro diabo, até mesmo quando ele vai embora.

DEPOIS QUE ALGUÉM BAGUNÇA A CASA, É PRECISO UM BOCADO DE TEMPO PRA BOTAR TUDO NO LUGAR E ABRIR A PORTA DA FRENTE DE NOVO.

41

É ISSO QUE ACONTECE QUANDO VOCÊ ENCONTRA ALGUÉM LEGAL DEPOIS DE UM RELACIONAMENTO TÓXICO

Sua casa não te define
Sua carne não te define
Você é seu próprio lar.
"Triste, louca ou má", Francisco, El Hombre

Quando você finalmente consegue sair daquilo que tanto machucava, uma nova fase começa. Há quem diga que a grande jornada se resume a perceber quão tóxica era aquela pessoa, o quanto ela te fazia mal, o quanto a sua vida estava estacionada numa coisa nem um pouco boa e o quanto você lutou e demorou pra sair daquele relacionamento. Mas as pessoas não entendem que existe outra batalha. E não é uma batalha contra alguém, é uma batalha interna, invisível, que talvez seja ainda mais difícil perceber.

Você sai de um relacionamento abusivo com uma descrença absurda em relação às pessoas. Você se pergunta se existe alguém que vai te respeitar verdadeiramente e entender os traumas que você desenvolveu na última relação. Você começa a duvidar da sua própria capacidade de amar outra pessoa – não porque não quer, mas porque não consegue. Esse sentimento parece adormecido enquanto você brinca pra lá e pra cá com o

Tinder, enrola alguém em jantares regados a vinho, paga táxis caros para ir de um extremo a outro da cidade enquanto se pergunta por que não sente nada.

Você tenta. Eu sei que tenta. Mas aquele momento parece durar mais do que deveria. Rola uma dúvida em torno da vontade de sair de casa, conhecer gente nova, desenvolver laços. É um misto de cansaço e falta de mágica, de falta de interesse e falta de vontade, junto com sinais aterrorizantes de que, talvez, você esteja realmente fechado pra balanço – esse clichê que você odeia. As pessoas tentam dar as mais diferentes receitas. "Uma hora, quando você menos esperar, alguém aparece" ou "você precisa se libertar desse medo de se relacionar" ou "só o tempo vai ajudar" ou "já tentou terapia?". E não acho que elas estejam erradas. Só acho que você vai descobrir sozinho o tal do melhor caminho.

Digo por experiência própria: depois que alguém bagunça a casa, é preciso um bocado de tempo pra botar tudo no lugar e abrir a porta da frente de novo. Nós nos acostumamos a sair pela cozinha, a manter a porta principal trancada, a não trazer ninguém pra dentro enquanto ainda existe o receio de que baguncem tudo de novo, mesmo que seja alguém muito legal. E você se culpa por não dar espaço pra essa pessoa, mas, no passado, deu espaço pra alguém que te machucou.

Nossos relacionamentos vão moldando as experiências seguintes. Bons ou ruins, eles são responsáveis pelos traumas, tabus, crenças limitantes e outras travas que desenvolvemos. Também são responsáveis por nos fazer superar essas coisas, quando encontramos alguém incrível e acontece a grande magia do amor. O problema é que coração nenhum consegue se abrir quando está no limbo, num período de reflexão interna depois da experiência pesada de um relacionamento tóxico. É o momento de descansar o peito e priorizar outras coisas.

Não devemos nos culpar. Não devemos nos sentir mal por deixarmos pessoas incríveis irem embora. Isso não é pra sempre. E você pode ter certeza de que aquela não será a única pessoa incrível que você vai conhecer. Talvez ela volte quando o momento for mais oportuno, talvez você se apaixone por outra pessoa quando o seu coração estiver mais leve. Não se cobre por não conseguir corresponder aos sentimentos do outro, quando tudo de que você precisa é se curar e ter uma vida mais leve, parar um pouco e permitir-se desventuras em série que podem não dar em nada, livrar-se desse peso do "ter que ser" amável, amado e algo a mais. E aí, quando nos perdoarmos e aprendermos a nos tratar da melhor forma possível, talvez nos sintamos confortáveis para destrancar a tal porta da frente e deixar alguém novo entrar. Até lá, a gente aproveita a liberdade de não se pressionar a fazer isso.

42

Residentes

Esses demônios que aparecem
durante o dia e te incomodam
são seus
e ninguém pode expulsá-los por você.
Eles estiveram do seu lado
esse tempo todo,
passaram por tudo pelo que você também passou.
Mostre alguma gratidão,
trate-os bem,
encare-os de frente,
abrace-os,
até que eles se sintam confortáveis
para conviver contigo
sem te machucar.

EU NÃO
QUERO MORRER.
SÓ QUERO QUE
AS COISAS
SE ACALMEM.

43

PEDIDO DE AJUDA

Hold on to me
'Cause I'm a little unsteady.
"Unsteady", X Ambassadors

Eu nunca quis morrer, apesar de entender que essa é uma certeza nossa na vida, que um dia vai chegar a hora e *xablau!*, quem tava aqui não tá mais. E existe o momento que antecede a morte. Como deve ser? Será que dói? Será que é suportável? Será que você simplesmente para de respirar e fim, ou é algo mais parecido com parar de respirar e "agoniza um pouco aí, filho da puta, sente as narinas queimarem e o começo do fim da sua vida"?

Eu nunca quis morrer. Mas, de um tempo pra cá, qualquer coisa é motivo pra pensar nisso. Qualquer ponta de faca na cozinha ou lugar alto com um parapeito em que seria fácil escorregar. Antes não era assim, mas agora é. Não teve um período de transição. Simplesmente, comecei a imaginar todas as formas possíveis que eu poderia encontrar para me matar. Um zumbidinho dentro da minha cabeça me instigava a coisa toda. *Mas tem meu pai, minha mãe, meu irmão, gente que me ama, quem vai ficar por eles? Se controla, cara. Põe a cabeça no lugar. Sua vida nem é tão ruim assim. Engole isso, aguenta o tranco, vai passar.* Repeti esse mantra um milhão de vezes, e ele só me fazia sentir mais miserável.

Certa vez, ouvi alguém dizer que quem se mata é covarde pra caralho. Com ênfase no *pra caralho*. "É gente que não conseguiu lidar com a vida e vai direto pro inferno. Toda a infelicidade é pouca pro coitado do bicho que não aguentou a vida, né? Tem que arder no mármore do inferno mesmo, tá certo, tá certo." Quem disse isso foi uma tiazinha católica do andar de baixo, que não perdia uma missa ou celebração. "A paz do Senhor esteja convosco." Vai te catar, minha senhora. Vai te catar. Eu cheguei a ligar o gás lá de casa e esperar um tempinho. Cheiro de gás me enoja hoje em dia, cara. "Quem quer se matar não espera." Alguém me contou que o porteiro disse isso uma vez. O coitado nunca deve ter pensado em se matar, né? Deve achar que é tudo frescura de burguês classe média, igual a essa galera que gosta de apontar o dedo e falar que é falta de ter levado porrada de pai e mãe. Se te conforta, meu amigo, pense assim mesmo.

Eu nunca quis morrer. Já sentei no sofá e chorei uma tarde inteira porque tinha uma pedra em cima do meu peito, pressionando e me tirando o ar. A galera não queria saber, e quem queria me perguntava um monte de coisa que eu não sabia responder. "Eu não sei por que tô me sentindo assim, mano, eu sei que a minha vida é boa, eu sei. Tu só tá fazendo com que eu me sinta pior." "Olha quanta gente passando fome, quanta gente na rua, quanta gente dando a volta por cima, quantos amigos você tem e blá-blá-blá." Percebe que eles só falam de quantidades? Do que você tem, de quão longe chegou, de quantas pessoas tão ali por você, mas ninguém tá mesmo, velho. Se alguém estivesse, iria entender que não é ser negativo, que não é gostar de ficar pra baixo, que não é difícil pra quem convive com a gente. É difícil se manter dentro do corpo quando você está prestes a entrar em colapso e enlouquecer sozinho no 702.

Eu não quero morrer. Só quero que as coisas se acalmem. Só quero ser o cara maneiro que dizia pra todo mundo que podia contar comigo, que a vida tem sentido e que um dia a gente vai chegar lá. Só quero ser o cara que abraçava e telefonava e se importava se os outros tavam machucados por dentro, porque todo mundo tá, em algum nível. Todo mundo morre e todo mundo lida com a morte, todos os dias, todas as horas, em salas vazias com sofás bonitos e quadros pendurados na parede. Nem todo mundo grita como eu. Tem gente que morre em silêncio, sem ninguém entender o que aconteceu com aquele camarada da vida boa, dos melhores amigos, que tinha grana e um emprego massa, uma namorada ou um namorado gente boa e um monte de sonhos que morreram junto com ele. Eu não quero morrer por dentro antes mesmo de me despedir da carne e dos ossos, como muita gente que eu conheço. Eu tenho medo. Muito medo. Medo de que saia um por um daqui e alguém apague a luz comigo aqui dentro de vez.

O QUE IMPORTA, NO FIM DO DIA, É COMO VOCÊ SE SENTE DENTRO DA SUA PRÓPRIA BUSCA PELA FELICIDADE.

44

O QUE REALMENTE IMPORTA NO FIM DO DIA?

I know there's a voice that's
Buzzing in your head
I know there's a heartbeat
Tripping in your step.
"When We Were Young", London Grammar

Noutro típico dia de calor-e-frio na cidade de São Paulo, minha terapeuta me perguntou qual era o meu ideal de felicidade. Você consegue imaginar a resposta de alguém que recebe esse tipo de pergunta enquanto está tendo uma crise de rinite? Nem eu. Mas saí do consultório matutando se aquela dor de cabeça era fruto da mudança infernal de clima ou consequência direta da pergunta bombástica. O que é felicidade?

Respiro fundo. Penso em tudo que já considerei resposta para essa pergunta. Antigamente, na época do colégio, felicidade era ter um envolvimento afetivo com alguém que me respondesse rápido no MSN e notas suficientemente boas para que meus pais me deixassem sair com meus amigos no fim de semana. Na época da faculdade, felicidade era não ter que ler dois livros inteiros para fazer um único fichamento e conseguir um estágio que pagasse as blusinhas e os bares. Depois disso, fiquei um pouco perdido, com um diploma na mão.

Achei que felicidade era ter um bom emprego que me pagasse o suficiente para cobrir o cartão de crédito e me permitir dizer pros meus amigos que eu estava avançando na vida profissional. Depois, eu quis mais da felicidade, quis um cargo alto, que me desse o reconhecimento que eu merecia. E mais dinheiro, é claro. Mas eu quis dinheiro e reconhecimento pra quê? Por quem? Por qual razão?

Foi por aí que a pergunta da terapeuta me pegou. Um elogio do meu chefe não mudava em nada a minha vida. Eu continuava vivendo no esquema casa-trabalho, de segunda a sexta, sem entender quem eu era. Eu não sabia de que tipo de filme eu gostava, quais línguas queria aprender, quais eram os talentos que nunca desenvolvi, quais amigos precisavam da minha ajuda ou de um ombro pra chorar, quais países eu sonhava em conhecer. Eu não sabia nada sobre mim.

O pior é que conheço muita gente que também é assim. Disseram pra gente que ser feliz é comprar uma casa e um carro, viajar uma vez por ano nas férias de trinta dias e ter filhos. Também nos disseram que ter dinheiro pra mobiliar seu apartamento e jantar em lugares caros eram o suprassumo da felicidade. Então por que eu não me sinto feliz? Talvez porque eu nunca tenha descoberto qual é o meu ideal de felicidade. Sabe, eu sempre achei que ser feliz envolvia estar em movimento. Pular de conquista em conquista. Aproveitar os espasmos de alegria e de realização que sentimos quando atingimos algum objetivo. E não duvido disso. Mas acho que, aos poucos, nós nos perdemos em modelos engessados e engravatados que sucateiam a nossa vida. Nós somos muito mais que o nosso trabalho. Nós somos pessoas que gostam de arte, de brincar com o cachorro, de cachoeira, de desligar o celular por três dias, de comer um prato feito numa padoca de esquina, de preparar yakisoba e errar a receita, de tentar montar um drinque sem todos os ingredientes, de passar a noite abraçados com nossos melhores amigos num caraoquê de quinta categoria. Nós somos todas as coisas que nos fazem felizes, muito mais que dinheiro ou ideais preconcebidos. O problema é o nosso apego ao "ter", ao "ser", à necessidade de criar uma *persona* que acredita que feliz mesmo é o vizinho e sua grama verde. Vou te dizer com todas as letras: seu vizinho pode ser feliz com a grama dele, e você também pode ser feliz com a sua grama, seja ela amarela, verde ou azul. O que importa, no fim do dia, é como você se sente dentro da sua própria busca pela felicidade. Felicidade essa que pode caber num avião que te leve para conhecer o mundo ou num potinho de tempero pro seu jantar de hoje.

DEPOIS DOS VINTE, VOCÊ SE LIVRA DA OBRIGAÇÃO DE SER PERFEITO.

45

DEPOIS DOS VINTE

*With every broken bone
I swear I lived.*
"I Lived", OneRepublic

Depois dos vinte, eu parei de ter certezas. Cansei de dizer que tinha tudo planejado feito trilho de trem. Faculdade, talvez intercâmbio, carreira, um estágio bacana que me permitisse tomar umas cervejas e pagar as entradas das festas e tal. Não previ que a ferrovia poderia estar inacabada. Continuei no vagão, cego como os que ainda não passaram dos vinte, sem me dar conta de que as coisas mudariam pra sempre.

Depois dos vinte, lá perto dos vinte e cinco, a ressaca já não era a mesma. Aos dezoito, catuaba era suco e champanhe podia ser tomado no café da manhã. Agora tudo causa dor de cabeça, enjoo e uma promessa fervorosa, na frente de qualquer paróquia, de que aquele terá sido o último pileque. Aliás, o rombo das bebidas na conta bancária é tão grande que faz diferença no orçamento do mês (isso se você já se banca, mora sozinho e tem contas pra pagar).

Depois dos vinte, as únicas certezas são as contas e a grade de programação do Netflix. Seu corpo não se anima tanto com as sextas-feiras e prefere cair duro numa cama. Você começa a ver que diversão pode ser reunir os amigos pra jogar videogame e tomar umas taças de vinho ou uns copos de cerveja. Vê também que não esperar nada de uma noite e ter a aventura mais alucinante da sua vida, sem ter que pedir permissão pros seus pais ou sofrer porque tinha um trabalho da faculdade pra fazer no final de semana, é incrível. Nem tudo são malefícios, digo isso por experiência própria. As coisas só mudam um pouquinho.

Depois dos vinte, eu achei que aprenderia a cozinhar. Nada. Continuo vivendo com o básico: muito frango, carne, tapioca e entregas a domicílio. Aprendi que bagunça na casa dos pais era divertido porque a gente era muito mimado e não tinha que limpar. Bagunça na nossa casa incomoda, e você pensa duas vezes antes de dar uma festa porque vai ter que gastar dinheiro e limpar tudo durante o fim de semana ou antes de ir pro trabalho no dia seguinte. Ah, o trabalho no dia seguinte... Se você for um pouco mais maduro que eu, vai entender que depois dos vinte se ouve o corpo. Tem trabalho, tem cansaço, tem obrigações rotineiras, como ir à academia, que contam mais do que sair sem rumo numa quarta-feira qualquer.

Depois dos vinte, os amores "bipolares" não são lá muito divertidos. Aliás, você perde um pouco a paciência com essa coisa de sofrer por amor e tem cada vez mais medo de se jogar num relacionamento. Receios por conta de experiências anteriores criarão uma barreira transparente à sua volta. Terapia, bar ou os dois vão fazer parte da sua vida quando você sofrer por amor. A diferença é que o bar vai dar dor de cabeça, e a terapia vai resolver as coisas. Ah, mas relaxa, porque você também vai se importar menos com o que é menos importante. Vai até rir de como agiu feito tolo duas semanas atrás, depois de tomar um fora de alguém que você nem queria tanto assim.

Depois dos vinte, você começa a conquistar alguma autonomia na vida. Talvez aos vinte ainda seja cedo, mas lá pelos vinte e tantos você saboreia o prazer de tomar as rédeas para si. Toda causa vai ter uma consequência, isso é um fato, mas isso é bom. Vai te ensinar em dobro sobre saudades, sobre pagar as contas em dia, sobre fazer coisas que você odeia, como enfrentar filas de banco e problemas com operadoras telefônicas.

Depois dos vinte, você se livra da obrigação de ser perfeito, de escrever um texto coeso. Você só quer expressar pro mundo quem você é. Como neste texto, escrito dentro de um metrô no dia do meu aniversário de vinte e três anos. Ah, se eu te contasse como tudo mudou dos dezenove pra cá, você nem acreditaria. Você vai ver que as coisas não serão tão fáceis, que viajar frequentemente demanda planejamento, que inserir alguém na sua rotina influenciará muito sua ideia de amor. Ou talvez nada disso aconteça, e essas minhas experiências sejam só minhas, bem distantes do que você realmente vai viver. Esta é a delícia da vida depois dos vinte: a gente começa a ser tão nosso e descobre tanta coisa que, às vezes, não nos parecemos com ninguém. Nunca mais.

46

O perdão de que eu preciso

De todos os perdões que eu espero,
o maior é o meu.
Ainda não aprendi a me pegar no colo
e entender que não foi culpa minha
a maneira como me tornei uma pessoa tão diferente
da que eu costumava ser.
Quem sabe um dia
eu consiga
genuinamente
me olhar no espelho e dizer "olha, você é só uma criança
e eu te perdoo
tome o tempo de que precisar para entender quem você é
porque até hoje eu não sei, mas eu prometo que vou
cuidar melhor da gente".

CONSISTÊNCIA MESMO É RECONHECER QUE A GENTE MUDA, ASSIM COMO AS NOSSAS ESCOLHAS.

47

VOLTAR ATRÁS TAMBÉM É CAMINHO

There was something I could tell ya
You were such a rollercoaster.
"Rollercoaster", Bleachers

Tenho um amigo que desistiu da vida na cidade grande e resolveu voltar pra cidade de interior em que cresceu. A mesma cidade da qual ele saiu fugido e na qual jurou nunca mais botar os pés. Fiquei com a pulga atrás da orelha. Achei que tinha quebrado ou tido problemas familiares sérios ou que alguma questão de saúde havia mudado radicalmente os planos dele. Numa conversa franca com ele, quebrei a cara. Ele me disse que tinha mudado de ideia, que não era mais o mesmo, que suas convicções eram outras.

É uma coisa até simples de entender, se não fosse tão complicado desassociar a ideia de voltar atrás ou mudar de opinião da noção de retrocesso. Na minha cabeça, voltar atrás era um atestado claro e bem escrito de fracasso, por isso eu lutava tanto contra a possibilidade de voltar a morar com meus pais ou me mudar da cidade que tinha escolhido para morar e trabalhar, mesmo quando aquele lugar se mostrou extremamente cruel e errado pra mim. Na cabeça dele, as coisas eram óbvias: reconhecer que um caminho não levaria mais ao que ele tanto queria significava mudar de caminho.

As coisas não seriam as mesmas. Embora retornasse para perto dos pais, ele moraria numa casa só dele, vinte anos depois de ter partido, e teria um mundo novo a ser explorado. Retrocesso, para ele, era permanecer imóvel numa situação que não lhe fazia bem. Por que a gente cisma em se manter nesses espaços desconfortáveis então? Por orgulho? Por que precisamos provar algo para alguém ou para nós mesmos? Por que nos tornamos escravos das nossas escolhas? Voltar atrás deveria ser uma opção em qualquer cenário. Aliás, mudar, em qualquer direção, deveria ser o discurso, sem essa coisa de considerar os passos dados pra trás como simples retrocessos.

Além dele, conheci muita gente que fez a mesma escolha. Gente que preferiu cuidar da cabeça em vez de ficar num desses "empregos dos sonhos" que tavam quase causando um AVC. Gente que escolheu mudar de país e recomeçar do zero para viver um grande amor. Gente que abriu o coração e voltou pra casa para cuidar dos pais e reatar os laços desfeitos no passado. Gente que não teve medo de se mover, independente do destino.

Olho pra essa gente e vejo como ainda somos escravos daquilo que nos prometemos, como se fosse uma obrigação moral manter tudo o que um dia decidimos fazer. Tem quem chame isso de consistência. Eu, vendo os exemplos que cercam a minha vida, acho que isso se chama aprisionamento. Consistência mesmo é reconhecer que a gente muda, assim como as nossas escolhas. Consistência mesmo é cultivar a liberdade de tentar ser feliz.

O PROBLEMA É QUE
TEMOS A MANIA
DE COMPARAR
NOSSOS FEITOS
AOS DE PESSOAS
DA NOSSA IDADE.

48

A PRESSÃO DE CONSEGUIR TUDO AOS VINTE E POUCOS ANOS

Tonight
We are young
So let's set the world on fire
We can burn brighter
Than the sun.
"We Are Young", Fun e Janelle Monáe

Não consegui o emprego dos meus sonhos, muito menos o apartamento decorado que eu esperava ter. Mal consigo me organizar para viajar e conheço menos países do que gostaria. Minha vida é uma bagunça, meu quarto é uma bagunça, e eu passo mais de doze horas por dia trabalhando enquanto me obrigo a tentar ter uma vida saudável, passear com o cachorro, fazer exercícios físicos contra o sedentarismo, discutir política e me mostrar atento aos últimos acontecimentos no mundo e no meu país. Mal sobra tempo para fazer nada.

Meus relacionamentos têm inícios mais rasos que as piscininhas naturais formadas por ondas altas em alguns litorais. Raramente vão longe; estagnam nessa coisa louca das cidades grandes e se perdem nas prioridades que tento elencar enquanto o tempo passa. Desisti de voltar ao teatro porque me disseram que eu deveria saber sapatear, cantar, atuar e dançar antes da minha primeira peça; caso contrário, não entraria nem na concorrência. Cada vez me sinto mais velho para tentar algo novo, já que eu deveria, supostamente, ter conseguido tudo aos vinte e poucos anos.

Não sei se essa pressão foi criada pela minha geração ou se já existia a ideia de que temos que ser jovens bem-sucedidos, decididos e cheios de certeza quanto à vida aos vinte e poucos anos. Observo nascerem crises e mais crises de ansiedade e identidade em mim e nos meus amigos, junto com uma cobrança surreal pelo ideal de sucesso que inventamos. Não nos basta subir degraus com o tempo. Desejamos supervitórias que condigam com os superpoderes que disseram que a gente tinha.

Mas, por mais afobados que sejamos, vejo crescer uma leva de gente que tem feito coisas melhores cada vez mais cedo. O problema é que temos a mania de comparar nossos feitos aos de pessoas da nossa idade. Vemos astros do rock que ganham milhares aos vinte anos, superblogueiras que estampam capas de revista aos vinte e um, empresários que empregam milhares de funcionários aos vinte e dois. E aí olhamos para nossas vidas comuns, nossas fotos comuns, nosso *lifestyle* comum, e nos consideramos ordinários. Não é falta de autoestima, só cometemos o grande erro de não pensar nos caminhos de nossos modelos. Analisamos o resultado sem pensar em como nossas vidas foram diferentes em termos de escolhas e privilégios.

Além disso, criamos perspectivas irreais para nosso futuro imediato. Queremos estabilidade, tempo para viajar, reconhecimento profissional, qualidade de vida, relacionamentos profundos, um cachorro que nos ame, vizinhos que não façam barulho depois das 22 horas e motoristas de ônibus que parem pra gente quando estamos atrasados. Não percebemos quão sonhadores nós somos ao desejar tantas coisas. Nossa vida adulta começa lá pelos vinte anos. Como é que a gente já quer ser recebido com tantas glórias sem nem lutar um pouco por elas?

    É necessário desacelerar e entender que essas cobranças são frutos de uma sociedade que nos criou com a ideia de que devemos fazer tudo o mais cedo possível e de que o sucesso é fácil pra quem tenta. Não é, mas isso não significa que devamos deixar de tentar. Pelo contrário, devemos tentar cada vez mais. Devemos recomeçar mais vezes, devemos ir atrás dos objetivos que, frustrados, não conseguimos alcançar de primeira. Eu, por exemplo, estou buscando condições para voltar às aulas de teatro, mesmo que seja desbancado por algum desses prodígios que já sabem fazer piruetas. E espero que você também repense as coisas que ainda não aconteceram. Talvez elas só demorem mais um pouco para acontecer, talvez você só precise se cobrar menos e confiar mais um pouco. É o que eu tenho tentado fazer.

QUEM GOSTA DE EXPOR SEU PIOR LADO PARA AS PESSOAS?

49

PRA VOCÊ QUE CHEGOU ATÉ AQUI

And if you're still breathing, you're the lucky ones
'Cause most of us are heaving through corrupted lungs.
"Youth", Daughter

Remexer o passado é extremamente desagradável. Eu ainda consigo me lembrar do dia em que tive a minha primeira crise e entrei num consultório psiquiátrico procurando ajuda. Também consigo visualizar o meu primeiro divã e minha tentativa de avaliar as coisas que eu precisava falar pra pessoa sentada à minha frente.

É estranho ouvir de si mesmo as coisas que só pensamos. É como se os seus problemas se materializassem na sua frente, o que não torna as coisas mais simples. Pelo contrário. Dizer tudo aquilo me deixou tonto. Saí da terapia com a cabeça noutro planeta, numa dimensão bem longe de onde os meus pés estavam.

Não sei quando tudo começou porque não houve um momento certo. Um belo dia eu acordei e tinha um buraco enorme no meu peito, que foi se alargando e engolindo as coisas que eu amava. Eu me distanciei de pessoas queridas e deixei de fazer coisas que eu amava. Já não sentia prazer em ler ou ver filmes e viagens eram passatempos trabalhosos pra mim.

De repente, todos os clichês que eu odiava estavam ali. Frio demais, tristeza demais, solidão demais, muita gente e pouca identificação. Tive que aceitar o caminho mais difícil e doloroso: aprofundar mais ainda o tal buraco no peito. Entender de onde vinha aquilo. Por que eu estava tendo uma crise existencial aos 25 anos? Por que não aos quarenta, quando as coisas já teriam se acalmado e a vida já teria seguido um caminho mais estável? Eu não podia lidar com isso, eu não queria lidar com isso, eu não conseguia lidar com isso nem comigo.

Ficar em casa se tornou um estorvo. Eu não conseguia me concentrar em uma coisa simples sem achar que estava hiperventilando e sem pensar que tudo estava dando errado. Engordei, emagreci, passei duas semanas pedindo comida por telefone e usando o pijama. Desliguei o celular, dei um susto nos meus pais, dei um susto em mim mesmo, me perguntei se algum dia eu voltaria a escrever sobre as coisas que eu amava, e não sobre as coisas que eu detestava. Comecei a ler livros que eu desprezava porque minha luz interior que sempre tinha sido forte havia sumido. Procurei conhecer pessoas que tinham passado pela mesma coisa, para tentar perceber um padrão, mas as variáveis eram muitas. Um ano, sete anos, dois meses. Cada um teve sua própria experiência de terror. Algumas silenciosas, outras com direito a polícia batendo na porta de madrugada para verificar o que estava acontecendo. Nenhuma delas era parecida com a minha.

Li num livro da Milly Lacombe que viajar pra dentro de si é uma aventura sem volta. Você vai descobrir coisas que jamais te permitirão voltar a ser a mesma pessoa. Você vai descobrir traumas que nem sabia que tinha e, quando resolver um problema, vai encontrar mais poeira debaixo do tapete. Vai rir de si mesmo, que tinha achado por tanto tempo que estava saudável e que a sua cabeça estava no lugar. Talvez você se desespere – eu me desesperei –, mas é o único jeito. Eu tive que reunir as partes que eu tinha perdido e jogá-las fora. Cola nenhuma me devolveria a pessoa que eu tinha sido dois anos antes. Eu tinha que lidar com o fato de que eu era outro, e daí só poderia sair o perdão ou a punição. Ainda não me decidi muito bem sobre qual método estou aplicando no momento. O processo é longo, mas posso dizer que estas páginas me ajudaram muito.

No início, eu evitei falar sobre as rachaduras. Quem gosta de expor seu pior lado para as pessoas? Até que a notícia de que um conhecido se suicidou por não aguentar a depressão chegou ao meu e-mail. Fiquei pensando em quantos conhecidos lidavam com esse vilão invisível. Em quantas pessoas, aos vinte, aos trinta e poucos e aos cinquenta anos, conviviam com um vazio enorme que, muitas vezes, era pior do que elas imaginavam. Porque não é só se dar conta de algumas questões, é colocar toda a sua vida em dúvida, inclusive se perguntar se você deveria ter direito à vida. Respirei fundo, encarei as páginas em branco e desabafei.

Desabafei na forma de personagens fictícios e histórias que nunca aconteceram, em confissões absurdamente pessoais que podem trazer algum arrependimento. E, com o tempo, alguma melhora começou a preencher as folhas e os meus próprios sentimentos. Hoje em dia, eu já consigo me olhar com um pouco mais de compreensão. Tenho aprendido a cuidar melhor de mim.

Pra você que chegou até aqui, eu deixo um abraço gigante. Não sei como te agradecer o suficiente por ter passado por estas páginas e digerido coisas que não são exatamente agradáveis e personagens que podem ser um tanto odiosos. Não posso te dizer que as coisas vão ficar bem, porque não sei se elas vão mesmo ficar. Não gosto de fazer promessas que não posso cumprir. Então, vou te dizer que o futuro é brilhante. Pode ser que não dê para vê-lo agora, de onde você ou eu estamos, mas ele existe.

A luz no fim do túnel é o clichê mais verdadeiro que já inventaram. Posso enxergá-la, mesmo nos dias mais escuros, porque consigo ver que cheguei até aqui. Pra quem não queria sair de casa, não queria sair da cama, até que eu consegui trilhar um belo caminho. "Belo" não é o adjetivo correto. Eu diria que foi um caminho pedregoso. E talvez seja isso que dê medo: perceber que o caminho é incrivelmente feio, úmido e cheio de coisas que você tem evitado. Mas nós dois chegamos até aqui. Acredito que podemos continuar seguindo em frente, mesmo com as dores, com as lágrimas, com a cabeça a mil, sem medo de pedir ajuda. Não sei se você chegou a pedir ajuda, mas peça. É muito mais fácil sair do escuro quando alguém te dá a mão.

Pra você que chegou até aqui, meu muito obrigado. Espero que você também consiga enfrentar tudo isso, leve o tempo que for.

LISTA DE MÚSICAS

- "A música mais triste do ano", Luiz Lins; PE SQUAD, 2017.
- "7 Years", Christopher Steven, Lukas Forchhammer, Stefan Forrest, Morten Pilegaard, Morten Ristorp Jensen, David James Labrel; Double J Music, 2017.
- "After the Afterparty", Charlotte Aitchison, Mikkel Storleer Eriksen, Fred Gibson, Tor Erik Hermansen, Rachel Keen, Lil Yachty, Miles McCollum, Eyelar Mirzazadeh, Stargate, Sophie; Asylum Records, Atlantic Records, 2016.
- "Almost Lover", Alison Sudol (A Fine Frenzy); Virgin, 2007.
- "Brasa", Jade Baraldo; Milk Digital, 2017.
- "Better", Sam Rui; independente, 2017.
- "Fix You", Guy Berryman, Jonny Buckland, Will Champion, Chris Martin; Capitol/EMI Records, 2005 .
- "God of Wine", Kevin Cadogan, Stephan Jenkins; Elektra, 1997.
- "Goodbye" Jesse Frasure, Fancy Hagood, Steph Jones; Virgin EMI,2015.
- "Hatefuck", Brandon Bell, Teddy Sinclair, William Sinclair; Disgrace, 2016.
- "I Lived", Ryan Tedder, Noel Zancanella; Interscope/Polydor, 2013.
- "I hate u, i love u", GNASH, Olivia O'Brien; Atlantic, 2016.
- "Make Me (Cry)", Noah Cyrus, Labrinth; RECORDS, LLC, 2016.
- "Máscara negra", Zé Ketti, Hildebrando Pereira Mattos; intérprete Maria Rita; Biscoito Fino, 2013.
- "Mind on Fire", Aisha Badru; Nettwerk, 2017.
- "Mine", Phoebe Ryan, Kyle Shearer, Nate Campany; Columbia Records, 2015.
- "My Immortal", David Hodges, Amy Lee, Ben Moody; Bigwig, 2000.
- "Não aprendi dizer adeus", Joel Marques; interpretada por Alexandre Nero; Discobertas, 2012.
- "Never Say Never", Joe King, Isaac Slade, David Welsh;

- "O Mundo é um Moinho", Cartola; Discos Marcus Pereira, 1976.
- "Ônibus (Peso da Semana)", Lucas Maranhão; independente, 2017.
- "Quando Bate Aquela Saudade", Rubel; independente, 2013.
- "Read All About It, Pt. 3, Tom Barnes, Iain James, Peter Kelleher, Ben Kohn, Stephen Manderson, Emeli Sandé; Capitol, 2012.
- "Rollercoaster", Jack Antonoff, John Hill; RCA, 2014.
- "Rosa Sangue", Jorge Cruz, Tiago Dias; Art House Records, 2011.
- "Say You Won't Let Go", James Arthur, Neil Ormandy, Steve Solomon; Sony Music Entertainment, 2016.
- "Simple Pleasures", Jake Bugg, Matt Sweeney; Virgin EMI, 2013.
- "The Call", Regina Spektor; Walt Disney, 2008.
- "Too Much to Dream", Alexandra Hughes, Xandy Barry, George Bezerra, Michael Wise; Twin Music Inc, 2016.
- "Transatlanticism, Ben Gibbard, Chris Walla; Barsuk, 2003.
- "Triste, louca ou má", Juliana Strassacapa; independente, 2016.
- "Unsteady" Alex da Kid, Noah Feldshuh, Casey Harris, Sam Harris, Adam Levin; Interscope/Polydor, 2015.
- "We Are Young", Jeff Bhasker, Fun.; Fueled by Ramen Records, 2011.
- "What About Us", Steve Mac, Johnny McDaid, P!nk; RCA, 2017.
- "What Happened to Perfect", Brody Brown, Lukas Forchhammer, Stefan Forrest, Ross Golan, Morten Pilegaard, Morten Ristorp Jensen; Warner Bros., 2015.
- "When We Were Young", Daniel Rothman, Dot Major, Hannah Reid; Metal & Dust Recordings Ltd, 2013.
- "Youth", Igor Haefeli, Elena Tonra; Glassnote Entertainment Group, 2013.